光文社文庫

文庫書下ろし／長編時代小説

二刀を継ぐ者
若鷹武芸帖

岡本さとる

社

この作品は光文社文庫のために書下ろされました。

目次　【二刀を継ぐ者　若鷹武芸帖】

若鷹武芸帖
二刀を継ぐ者

『二刀を継ぐ者　若鷹武芸帖』おもな登場人物

新宮鷹之介……公儀武芸帖編纂所頭取。鏡心明智流の遣い手。

水軒三右衛門……公儀武芸帖編纂所の一員。柳生新陰流の遣い手。

松岡大八……公儀武芸帖編纂所の一員。円明流の遣い手。

富澤春……春太郎の名で深川で芸者をしている。角野流手裏剣術を父・富澤秋之助から受け継ぐ。

高宮松之丞……先代から仕えている新宮家の老臣。

中田郡兵衛……公儀武芸帖編纂所で目録などを編纂している。

小松杉蔵……鎖鎌術の遣い手。伏草流鎖鎌術・伊東一水道場の師範代を務めている。

お光……元海女。公儀武芸帖編纂所に女中として勤めている。

八重……大八の元妻。

小谷長七郎……かつての大八の弟子。大八との間に確執を持つ。

桑原千蔵……かつての大八の弟子。やくざ者の許に身を寄せている。

第一章　二刀流

一

　秋は深まっていく。

　芝神明祭《しばしんめい》に始まり、神田明神祭《かんだみようじん》、根津権現祭《ねづごんげん》など、各地で祭礼が行われ、秋の長雨を経ると、江戸は肌寒さが増してくる。

　赤坂丹後坂《あかさかたんご》にある武芸帖編纂所に吹きつける風も、すっかりと冷たくなったが、頭取・新宮鷹之介《しんぐうたかのすけ》、編纂方・水軒三右衛門《すいけんさんえもん》、松岡大八《まつおかだいはち》の顔は、夏の日焼けが未だに残り、所内は熱気に溢れていた。

　熱気の最大の源は、先頃ここに女中としてやって来たお光《みつ》の存在であろう。

彼女の顔も、袷《あわせ》となった着物の袖、裾から覗《のぞ》く手足も黒光りをしている。

無理もない、お光はつい先日までは海女《あま》として浜で暮らしていたのだ。

この夏は、水術の会得と、〝宝捜し〟に託《かこつ》けて、幕府重役の不正を暴くという密命に終始した武芸帖編纂所であった。

偶然に浜で出会い、得意の泳ぎで編纂所を助けてくれたお光を、鷹之介は女中として連れ帰った。

彼女は二親を亡くし、後家となった母親が生前漁師と起こした色恋沙汰の騒動によって、漁師村に居辛くなっていた。

武芸帖編纂所も、書役《かきやく》に中田郡兵衛《なかたぐんべえ》がいるものの、三右衛門、大八の男所帯で、隣接する新宮家から、老女の槇《まき》と、女中のお梅《うめ》が出張っている状態であったから、いいいおさんどんを任せられる者が必要であった。

それゆえ、お光は編纂所の女中としては最適であったといえる。

若くていきがよく、編纂所の面々とは共に危い役目をこなしたことで、物怖《ものお》じをしない。

さらに、この夏に水術指南・明石岩蔵《あかしいわぞう》からは、白浪《しらなみ》流水術の後継を託されていたから、海女の出であっても、武芸者の端くれでもあるのだ。

勝気さが前に出て、漁師村では諍《いさか》いが絶えなかったお光は、編纂所を新天地として、大いに張り切った。

鷹之介は、小体《こてい》な台所の横に、お光の部屋を建て増してやり、彼女の手が空いている時は、武芸場で小太刀、薙刀《なぎなた》などを教えてやった。

武芸を習うことにお光も異存はない。

生来、体を動かす勘がよく、何をさせても筋がよかった。

お光は嬉々として編纂所内をぐるぐると廻り、下働きをこなして武芸に励み、今では三右衛門、大八、郡兵衛がする話を聞くのが何よりの楽しみとなっていた。

武芸に対する興味は尽きないようで、その日も武芸場で松岡大八を捉《とら》えて、

「大様は円明《えんめい》流の遣い手なのですよねえ」

と、問うたものだ。

大八には〝大様〟、水軒三右衛門には〝三様〟、中田郡兵衛には〝ぐん先生〟、そして新宮鷹之介には〝殿様〟と、彼女は使い分けている。

「まず、遣い手というほどのものではないが、円明流の門人ではある」

大八は、武具の手入れをしながら、にこやかに応えた。

十七歳とはいえ、男勝りのお光は稚気《ちき》が五体から放たれていて、四十半ばを過ぎた大八には、真に頬笑《ほほえ》ましく映るのである。

「円明流は、いったい何者が拵《こしら》えたんです？」

「何者という奴があるか」

「どちらさんが拵えたんです？」

「うむ、それは、宮本武蔵《みやもとむさし》という御方じゃ」

「宮本武蔵？」

「お前は宮本武蔵を知らぬか……」

「知りません」

「ほら、巌流島《がんりゅうじま》で……」

「巌流島？」

「佐々木小次郎《ささきこじろう》と……」

「佐々木小次郎？」

「二刀を遣う剣客だ！」

「だから知りませんよう！」

「お前が怒るな！」

傍らで、水軒三右衛門が腹を抱えて笑っている。

折しも、そこへ中田郡兵衛が書庫からやって来て、

「宮本武蔵という御方はな……」

と、お光に語りかけた。

さすがに〝軍幹《ぐんかん》〟の名で読本《よみほん》などを書く身である。

ひたすら武芸に励み〝勝利を得ざるといふことなし〟の剣豪となり、巌流島では佐々木小次郎を破り、やがて二天一流《にてんいちりゅう》の兵法を編み出したという武蔵を、興味深く語り聞かせた。

大八はその上で、

「円明流というのは、宮本武蔵が二天一流を編み出される以前に名乗られた流儀なのだ」

と、付け加えた。

「へえ、そうなんですねえ……」

お光は神妙に頷《うなず》いたが、今の彼女には何が何だかよくわからないようだ。

「某《それがし》は、円明流についてはよく知らぬのでござるが、円明というのは仏の教えからとったのでござるかな?」

郡兵衛が問うた。

「〝心月円明《えんみよう》〟という言葉があるからのう」

三右衛門が相槌《あいづち》を打った。

「いや、謡曲に〝四智円明の明石の浦〟などという言い回しがある。宮本武蔵は小《お》笠原《がさわら》侯が明石の領主であった頃に、しばしそこに逗留されたとか」

大八が得意げに言った。

「ほう、さすがに詳しいのう」

三右衛門は、はたと膝を打って、

「なるほど、明石にいた頃に創ったゆえに円明流か。これはなかなか風流じゃのう。お光、宮本武蔵も海が好きであったようじゃぞ」

「その明石の海を見てみたいですねえ」

お光は、海好きと聞いて目を輝かせたが、すぐにまた首を傾げ、

「つまるところ、大様はその宮本武蔵というお人の弟子なんですかい？」

「ふふふ、武蔵先生は二百年ほど前のお方だよ」

大八は、ふっと笑った。

「二百年？　大層昔からお武家は刀を振り回していたんですねえ」

「まずそういうことだ。おれはその流れをくんでいるというわけだ」

「てことは、大様も大小を両手に持って、戦えるってわけで？」

「いや、二刀を遣えぬわけでもないが、戦うとなればどうであろうな」

大八は口ごもった。

宮本武蔵を崇拝する大八ではあるが、彼は円明流に打ち込み、投剣の術などを鍛えたものの、二刀流を極めるまでにはいかなかったのである。

これを聞いて三右衛門がニヤリと笑った。

「お光、よいところに気が付いたのう……」

このところは、大八と武芸について意見を戦わせていなかったので、彼はいささか退屈をしていた。

三右衛門が修める柳生新陰流《やぎゅうしんかげりゅう》は、剣術師範として世に出んとした宮本武蔵の前に立ちはだかった流派であるという。

二百年近くも前の因縁を、少なからず剣によって引きずる二人であるから、三右衛門は時々無性に、大八をこんなところでからかいたくなるようだ。

「大八、おぬしは何ゆえ二刀を遣わぬのだ？　円明流には両手に得物《えもの》を取る教えがあるはずだが」

少し挑発するように問うたのであった。

二

「二刀を遣わぬわけではない」

大八は、口を尖らせた。

――三右衛門め、嫌なことをぬかしよる。

心の奥底で、いつか触れてくるのではないかと気になっていたのだが、それが今になったかと、彼は舌打ちをしていた。

とはいえ、二刀流についてはいつか自分自身検証しなければならないと思っていたので、この機会に三右衛門と意見を戦わすのも悪くはなかろう――。

「おれは宮本武蔵を心の師とあがめている男だぞ。二刀流を修めぬはずはあるまい」

「大様は、二百年近くも前のお方をそのように……。大したもんですねえ」

お光が目を丸くするのを、三右衛門はやはりニヤニヤとして眺めながら、

「松岡大八という先生はのう。習った先生をすぐに超えてしまうゆえに、宮本武蔵を心の師とするしか他に道はなかったということじゃ」

と、持ち上げる。

「おかしな物の言い様をするな」

大八は叱りつけるように言葉を返したが、三右衛門の言う通りであった。

播州龍野《ばんしゆうたつの》の寺男であった松岡大八は、筋のよさが認められ剣術を始めるや、手ほどきをしてくれた師をすぐに超えてしまった。

新たに指南してくれた者も同様で、たちまち龍野城下の円明流において並ぶ者なき腕前へと成長を遂げた。

彼が江戸へ出るに至るのは必然であったが、これといった師がいなければ、自分

自身がひたすら修行を積み、他流の剣客、兵法者と共に稽古をせねば、己が上達は望めない。

三右衛門が言うように、求道者として己が剣を追い求める上での心の師が、宮本武蔵であったといえる。

それゆえ、大八は右手に大刀、左手に小刀を構える、武蔵が遺した二天一流の稽古も己に課した。

「二刀流の修行は積んできた。とはいっても、おれの二刀流はまだまだ未熟でのう。それゆえ人に見せられるほどのものではないのだ」

「では何か？　今でも密かに陰で稽古をしているということなのじゃな」

「そういうことだ」

「そのようには見えぬがのう」

「編纂所に来てからは、あらゆる武芸に目を向けねばならぬゆえ、稽古を怠っているかもしれぬ」

「だが、おぬしほどの者が修行を積んできたのだ。人に見せられぬようなものだとは到底思えぬ」

三右衛門、今度は真顔で言った。

これには郡兵衛もお光も、納得の表情を浮かべた。

「買い被るではない」

大八はむきになった。

「三右衛門、申しておくが二刀を遣うのは並大抵ではないのだぞ」

「それはようわかっておる。おれは端《はな》から二刀流など修めるつもりはない。一刀でも満足に遣えるようになるには長い道のりを歩まねばならぬというのに、二刀など馬鹿げておるからのう」

「馬鹿げてはおらぬ。武蔵先生は、それだけ恐るべき力を持った御方であったというわけだ」

「おれとおぬしを、はるかに超える力を持っていたと？」

「いかにも」

「二刀を遣うのは何が大変なのだ？」

「まず、それだけの力がのうてはならぬ」

「力ならば、おぬしには船の艪《ろ》を持ち上げて、振り回すほどの膂力《りよりよく》があるではないか」

「足さばきと、体のこなし様が、相当勝《すぐ》れておらねばならぬ」

「ははは、何を申すか、それもおぬしには十分備っておるではないか」

「武蔵先生に比べると、足許にも及ばぬわ」

「その目で見たわけでもなかろう」

「それは……、まあそうだが、色々な武芸帖を読むと、とにかく神仏のごとき力を見せられたのが窺《うかが》われる」

「そんなもの、後で何とでも書き替えられるではないか」

「三右衛門！　何を言いたい」

「おぬしと同じことを考えているのじゃよ」

「おれと同じことを？」

大八は目を見開いて唸るように言った。

三右衛門は、ここぞとばかりに、

「二天一流など、本当のところは絵に描いた餅、剣術においてはまるで遣えぬと、思うているのではないのか」

きっぱりと言った。

「何を申すか……！」

大八は、口ごもった。

もちろん彼は、二刀流を実践してみたし、稽古も積んだ。

しかし、二刀を遣うより、一刀を遣いこれに投剣を合わせる方が、はるかに真剣勝負では役に立つように思われた。

宮本武蔵がとてつもない力の持ち主で、二刀を縦横無尽に振り回せて、尚かつ走り廻ることが出来たのであろうとは信じたい。

だが、どれほど稽古を積んでも二天一流を我が物にすることが出来ない。

彼は、それが宮本武蔵を否定する考えだと思いながらも、二刀を遣う剣術には心の内で見切りをつけていたのだ。

とはいえ、それを認めるのは業腹《ごうはら》だ。

将軍家に取り入り、代々徳川《とくがわ》家剣術指南役に就いている柳生家を師と仰ぐ、水軒三右衛門に対しては特にその想いが強い。

「いや、二刀流は極意に達すれば、どの剣術よりも強い。絵に描いた餅に思えるのは、この松岡大八が不甲斐ないゆえじゃ」

大八は、静かに言った。

そのように落ち着いて応えられると、三右衛門も少し言い過ぎたかと言葉に詰《つま》った。

以前から覚えていた二刀流に対する疑問を、からかい半分に質《ただ》してやろうと考えたものの、松岡大八が想像を超えるほどに、二刀流と向き合っていたと知れると、何も言えなくなったのだ。

同じ武芸者として、大八の苦悩はよくわかる。

三右衛門が修めた柳生新陰流も、流祖・柳生石舟斎宗厳《せきしゆうさいむねよし》が、剣聖・上泉伊勢守《かみいずみいせのかみ》信綱《のぶつな》から、新陰流の一国唯授一人《ゆいじゆいちにん》の奥伝を得たのは元亀《げんき》二年のことであるというから、今から二百五十年近くも前の話となる。

その時受けた奥伝が、いかなるものであったかを何度も頭に描いてみたが、もう何年も前に諦めてしまっていた。ここまでくると、僧が御仏の奇跡を経典に知り、人に語るようなものである。

とどのつまり、武芸帖を経典に置きかえると、武芸は宗教の色合を帯びてくる。

門人という信者に、ひとつの偶像を見せつけることで、飽くなき探究心を呼びおこさんとする、その対象が二天一流における宮本武蔵なのかもしれない。

「松岡大八が不甲斐ないとは思わぬが、戦国の頃と今では、剣の遣いようも変わっておる。所詮天下泰平の世にあっては、二刀流などなかなか遣いこなせるものではないと言うべきかな……」

三右衛門は語気を和《やわ》らげた。

時に剣術談義は、あらぬ方向に行ってしまうことがある。

武芸に命をかけてきた者の矜持《きようじ》が、思わぬところでぶつかり合うからだ。

盟友相手ゆえの冗談も、場合によっては侮辱にもなる。揉めごとの元なのだ。

――悪癖はなかなか直らぬものじゃな。

三右衛門は頭を搔いて、

「お光、この松岡大八をして超えられぬ宮本武蔵とは、それほどまでに恐るべき剣客であったというわけじゃな」

と、もう二人のやり取りに飽きかけているお光に頷きかけて、話を締め括ろうとした。

その時であった。

「いやいや、今そこで聞いていたが、二刀流にいこう興《きょう》をそそられた……。この折に、学んでみとうなりましたぞ」

頭取・新宮鷹之介が、武芸場に姿を現した。

武芸帖編纂所を任されてからは、色々な苦労を知り、人情に触れた鷹之介であった。

二十六歳とはいえ、その面相にはえも言われぬ貫禄が漂うようになっていた。

しかし、らんらんと輝く目の奥には、生一本な若き純情が充《み》ちている。

「これは頭取、お越しにござりましたか」

「二刀流に興をそそられたと……」

三右衛門と大八は目を丸くして、鷹之介を見た。

二刀流などは、今の世にはそぐわぬ刀術だ――。

そのように二人の間では、何とはなしに結論が出た感があったというのに、若き頭取がそれを蒸し返そうとしている。

それが心の師・宮本武蔵に通ずることだけに、大八は気が引けて、

「と、申されたとて、二刀流を学ぶには、それ相応の師範を探しませぬと……」

それはままならぬことだと、言葉を濁したのだが、鷹之介は日焼けした顔を綻《ほころ》ばせて、真っ直ぐな目を大八に向けている。

「わざわざ探すこともござるまい。松岡大八先生に教えてもらいたい」

「某に？　頭取、そこでお聞きになっていたはず。某の二刀流は、お目にかけるほどのものでもございませぬ。ましてや、頭取にお教えするなど、とてものことにて……」

「いや、三殿が申されたように、宮本武蔵の境地に近付かんとして精進をされた大《だい》殿のことだ。それなりの腕は備えているはず」

「いやいや、頭取、それなりと申して某は……」

「少なくとも、この鷹之介が二刀を遣うよりは上手なはず。また、その辺りを探し歩いたとて、大殿よりも尚、二刀流を遣える者などいるとも思われぬ」

鷹之介は、ぴしゃりと言い放つと、

「大殿、そのように出し惜しみせずに、どうか教えてはくださらぬかな……」

今度は、両手で拝んでみせた。

「うむ……」

困り顔の大八を見て、三右衛門が鷹之介を真似て、

「どうか、この三右衛門にも教えてはくださらぬかな」

両手で拝んだ。

――まったくこの若殿には敵わぬ。

大八は、大きな吐息と共に、神妙に頷いてみせるしかなかったのである。

三

当惑気味の松岡大八であったが、新宮鷹之介は活き活きとして、木太刀の大小を手に武芸場に立った。

武芸帖編纂所を立ち上げてからというもの、手裏剣、鎖鎌、薙刀を学習し、この夏はひたすら泳ぎ、潜水に時を忘れた。

少しばかり落ち着いた今は、無性に剣をとってみたくなっていた。

それが初老の武芸者二人の二刀流談義によって、目が開かれた。

そういえば、鷹之介自身が二刀流を試したことがなかったからだ。

水軒三右衛門が言ったように、〝一刀でも満足に遣えるようになるには長い道のりを歩まねばならぬというのに、二刀など馬鹿げておる〟と鷹之介も思っていた。

二刀を遣える者は、〝大兵で剛力〟という印象が付きまとう。

体つきは猛獣のように引き締まっているものの、中背で素早さが身上の鷹之介にとっては、一刀を自在に操る方が相手を攻め易い。

それゆえ二刀を遣おうとはまったく考えなかったし、彼の周りで二刀流を修練している者は一人もなかった。

しかし、今の鷹之介は、

「滅びゆく武芸流派を調べよ」

との主命を受け、武芸帖編纂所頭取を務める身となった。

宮本武蔵という偉人が編み出した二天一流がいかなるもので、それを現在どれだけの武芸者が受け継がんと励んでいるのか——。

是非とも、それを探究するべきであった。

考えてみれば、二刀流について想いを馳せたことがなかったとは不思議でもあった。

あまりにも宮本武蔵の名が知られていたので、二刀流が滅びかけているとは、頭に浮かばなかったからであろうが、松岡大八でさえ、

「某の二刀流は、お目にかけるほどのものでもござりませぬ」

と、言うくらいであるから、既に二刀流の灯は消えかけているのではないだろうか。

今までは二刀流に背を向けていたが、興味がなかったわけではない。

いつか折を見て稽古をしてみるつもりでいたので、役儀として学べるならこれほどのことはない。

「大先生、……」

今は師範として接するので、〝大殿〟ではなく鷹之介は〝大先生〟と呼びかけた。

この生真面目さが、初老の武芸者の心をくすぐる。

「まずは、大刀を右手に、小刀を左手でござるな」

かつて聞きかじった、二刀の構えを鷹之介がしてみせると、

「それでようござりまするが、もう少しだけ左の小太刀を前へ……、左様、一段と

ようござりまするぞ」

大八は嬉しくなって、つい先ほどまで渋っていたのを忘れたかのように指南に身を入れてしまう。

「まず、どのような型がござるかな？」

問われると、大八は彼もまた木太刀二刀を構えて、

「しからばまず、左を打ち、続いて右を振り下ろす！」

かつて修練を重ねた、二天一流の型を自分なりに工夫したものを披露した。

「こいつは、すごいや……」

お光が、目を見張った。

軽く四、五太刀振ってみせた大八の二刀は、彼が自分の両腕を振っているかのような軽やかさで宙を斬った。

鷹之介も負けじと、

「まず、左！　右……！」

大八を真似てみせた。

「うむ、よろしゅうござるぞ」

さすがに非凡な武芸の才の持ち主である。

たちまち自分のものにして、二刀が宙を斬る。

こうなると大八も、少年のような目付きとなり、久々にする二刀流の演武に夢中になってきた。

次々に術を繰り出す大八に、鷹之介はついていくのがやっとになり、すぐに木太刀を納めて、

「いや、やはりわたしには難しい」

と、嘆息して、

「両手で刀を振るのは、かなりの力がいる。さすがは大先生だ。今のを、今度は真剣で振ってはくださらぬか」

さらに所望した。

体が動き出すとためらいも消えてなくなり、大八は言われるがままに演武を続けた。

「いざ……！」

腰に差した両刀を、両手で同時に抜く。

大八のその動作が勇壮《ゆうそう》で、
「おおッ……！」
と、観ている者を唸らせた。
小刀で受け、大刀で斬る。
大刀で払い、小刀で刺す。
二刀で同時に斬る。
二刀で前後左右の敵を斬る。
大八の二刀は、いずれも自在に動く。
いつしか、武芸場には厳《おごそ》かな気が充ちて、やがて大八が二刀を鞘に納めると、
その場は溜息に包まれた。
たちまち大八は、照れくさそうな顔となり、
「三右衛門、何も申すな。これしきの型はおぬしにもできるはずだ」
冷やかしの言葉をかけんとする三右衛門を牽制《けんせい》した。
三右衛門は、ふっと笑って首を横に振った。
「わしにはとてもできぬよ。ふん、もったいをつけよって、これだけ二刀を遣える

者は滅多とおるまい」

鷹之介もまた、三右衛門の傍らでにこやかに頷いた。

これだけ二刀を操ることが出来るというのに、見せられたものではないというのは、決して気障《きざ》ではなく、大八が目指すだけの技量に至っていないという、彼の志の高さだといえよう。

それが何とも頬笑ましかった。

しかし、大八は大真面目で、

「型はできても、これが立合《たちあい》で役に立たねば、どうにもなりませぬ」

吐き出すように言った。

「この際でござるによって、いささか己の恥をさらすようで面目のうござるが、試しに立合うてくださりませ」

それから大八は、防具を身に着け、大小二本の竹刀を手にして、鷹之介との立合に臨んだ。

鷹之介は気分が昂揚した。

随分と前に、二刀流相手に立合ったことがあったが、それはそのような相手と立合えばどうなるかを学ぶための稽古であった。

二刀を構えた相手も、おもしろ半分に我流で二刀流を真似ただけで、遊びのような立合であった。

その時の内容は、今ではよく覚えていないが、右に左に軽快に動き回った鷹之介が、ほとんど相手を寄せつけずに、

「ああ、やめたやめた。二刀など遣えたものではない」

と、言わしめたのは確かである。

しかし、今日の相手は松岡大八である。

水軒三右衛門と共に、編纂方としてこれまでに、あらゆる武芸帖に記されている技を具現化し、見事に蘇らせてきた凄腕の武芸者である。

宮本武蔵に私淑してきた彼が二刀を遣うのであるから、

——まったく先が読めぬ立合となろう。

そのように思われる。

近頃これほどわくわくとする立合はなかろう。

「三殿、二刀流と立合うにあたり、何か秘策はござるかな？」

まず三右衛門に問うてみたが、

「さて、その場になってみぬと、何とも申しようがござりませぬな」

三右衛門は首を捻るばかりであった。

少しばかり大八をからかってやろうとしたのだが、立合にいたるとは三右衛門にしてみても思いもかけなかったようだ。

鷹之介の後は、自分も大八の二刀流と立合ってみたいと彼は考えていた。

「大先生、お手柔らかに願いまする」

鷹之介は大八と対峙するや恭《うやうや》しく声をかけたものだが、

「いえ、持てる力を余さず出して、立合わせていただきたく存じまする」

珍しく大八は、にこりともせずに両刀を構えて、気合もろとも鷹之介と相対したのである。

竹刀による防具着用での立合である。

ただ思い切り術の試し合いをすればよい。

楽しいはずの稽古なのだが、大八には悲壮が漂っている。

「えいッ！」

小刀で突きを狙い、退がったところを大刀で面を狙う。

鮮やかな大八の攻めであった。

しかし、鷹之介はこれを読んでいた。

小刀を払い、右手による大刀の一撃が届かぬよう右へ回り込み、大八の小手《こて》を狙う。

その素早い動きは、観ている三右衛門をニヤリとさせたが、さすがに大八も相手の返し技には対処している。

小刀で小手を守り、すっと体を入れ替えて、再び間合を切って相対した。

鷹之介は満足であった。

ほとんど経験のない二刀流を相手にして、まず初太刀をかわし、好い攻めが出来たのである。

身に剣術の勝負勘が備っていると、確かめられたといえよう。

鷹之介は、右へ右へと回り込み、小刀を打ち払い、すぐに大刀をすり上げて、今度は体を左にかわし、大八の右面を狙った。

大八はかろうじて退がりながらよけたが、そこへ鷹之介は次々と技を打ち込み、大八は巧みに二刀を振りつつ受け止めた。

「やあッ！」

そこから大八は、大刀を薙《な》いで鷹之介の胴を狙ったが、これは遠かった。

鷹之介は、大八の技が尽きたと見るや、再び連続打ちを繰り出した。

大八は防戦一方になり、両刀で鷹之介の竹刀を挟むようにして鍔《つば》競《ぜ》り合いに持ち込み、巨体を生かして押しのけて、再び間合を切った。

「これまでといたしましょう」

そしてそこで立合を終えたのであった。

大八の顔には焦燥が浮き出ていた。

好い立合と思われたが、日頃の大八には似合わず、彼の表情にはまるで笑みがなかったのである。

四

「お粗末でござった……」

防具を外した松岡大八は、神妙な面持ちで新宮鷹之介の前で畏《かしこ》まった。

「いや、わたしには大層ためになり申したが……」

鷹之介はいささか面喰らった。

その想いは、手に汗を握って立合を観ていた、中田郡兵衛とお光にしても同じであったのだが、

「う〜む、なるほどのう」

水軒三右衛門は、大きく息を吐いて腕組みをしていた。

大八は、力なく三右衛門を見て、

「三右衛門、ようわかったであろう。おれの想いが」

ぽつりと言った。

三右衛門は、労《いたわ》るような目を向けて、

「うむ、ようわかった。わざわざ二刀を揮《ふる》うまでもないのう。よいことを教わった。おぬしのお蔭じゃ」

小腰を屈めてみせた。

鷹之介は、二人のやり取りをぽかんと眺めていたが、やがて腑《ふ》に落ちて、

「なるほど、大殿ならば、わざわざ二刀を振らずとも一刀で十分ことが足りまするな」

彼もまた三右衛門に倣った。

わけがわからぬまま、郡兵衛とお光も、とりあえず小腰を屈めていた。

松岡大八の険しい表情の理由は、彼の実力が二刀より一刀での立合の方がはるかに上だと、改めて自分自身で思い知ったからなのだ。

鷹之介は、何度か松岡大八と立合ったことがあるが、二刀を遣う今日の彼が一番楽であった。

何度も大八を防戦一方に追い込むような立合は、これまで一度もなかった。

つまり、松岡大八は二刀で戦う方が、かえって弱くなると実証されたわけだ。

大八は、宮本武蔵を心の師と仰いで修行を積んできた。

円明流は、武蔵が二天一流に辿《たど》り着くまでに創設した流儀である。

大八としては、円明流を修めつつ、やがては二天一流の境地に達し、これを極めてみたいと思っていたはずだ。

しかし、いつまでたっても、二刀流を極めることが出来ない。

四十半ばに至っても、一刀をもって戦う方がはるかに強い。

今も、久しぶりに立合をしてみれば、思うにままならず、鷹之介の攻めに追い立てられる始末である。

もちろん、新宮鷹之介は鏡心明智流《きょうしんめいち》の遣い手であり、その辺の武士とは剣の格が違う。

それでも、強い相手にこそ二刀流がいかに凄《すさま》じい剣法かを見せつけてこそ修行の成果もあったというものだ。

自分は並の剣士として、このまま生涯を終えてしまうのであろうか。

最早《もはや》、二刀流を諦めてしまっていることが、大八は今さらながら不甲斐なく感じるのに違いない。

鷹之介はそのように理解したのだが、武芸帖編纂所頭取として、この立合についての考察を述べねばならぬと考えた。

もう一年以上も、共に武芸を追い求めてきた同志である松岡大八の人となりについてはよくわかっている。

武芸に対する情熱や志の高さには、常々感服《かんぷく》させられるし、術に触れるや吸収してしまう勘のよさ、造詣《ぞうけい》の深さも大変なものだと、大いに認めるところである。

志が高いゆえに、修行に没頭し武芸者としての世渡りが下手であったゆえに、天下に名が響かなかったきらいはあるが、この後は武芸帖編纂方として、知る人ぞ知る存在になってもらえればこれほどのことはないと、鷹之介は思っている。

それほどの松岡大八が、二刀流に疑問を覚え、心に屈託《くったく》を抱えているのであれば、彼と共に考えねばなるまい。

「大殿の前で、斯様《かよう》なことを言うのは心苦しいが……」

鷹之介は、威儀《いぎ》を正して己が想いを編纂所の面々がいる前で語り始めた。

「そもそも、二天一流はどれほどの強さを見せていたのでござろう」

宮本武蔵といえば二天一流を極め、今尚その名を止《とど》める剣豪である。そして二刀を遣ったからこそ、真剣勝負にも後れをとらなかったのだと思われている。

「さりながら、立合において幾度二刀で臨んだのかは、甚だ疑わしい……」

右手に大刀、左手に小刀、これをさらりと抜き放ち、並いる敵を斬り倒す。

そのような光景は実に華々しく映る。それゆえ、後年になって宮本武蔵を語るとき、彼の二刀流ばかりが喧伝《けんでん》されたのではないかと、鷹之介は言う。

大八は、しかつめらしい顔で沈黙したが、三右衛門は大きく頷いて、

「頭取の申されることは、もっともでござる。宮本武蔵については謎が多い。某の見たところでは、武蔵先生は勝負において、一度たりとも二刀流は遣わなんだと思われる」

きっぱりと言い切った。

「いや、そうも言いきれまい」

大八は、悔しそうな表情を浮かべたが、

「確かに言いきれぬ。誰も見たわけではないゆえにな。だが、二百年前の人間が、今のおぬしやわしよりも、格段に勝れていたとは到底思えぬ。松岡大八をして、先ほどの立合が精一杯となれば、先ほども申したように二刀流など絵に描いた餅に他ならぬ」

「またそのつれを申すか」

内心はそう思っていても、大八はやはりそれを認めたくはなかった。

「大八、そのように肩肘を張るではない。もうわしらは一介《いっかい》の武芸者ではのうなった。公儀武芸帖編纂所において、編纂方を務める者となったのだ。二刀流について、

ありのままの想いを伝えるのも務めではないか」

三右衛門は鷹之介の言いたいことを、そのまま口にしてくれた。

今や盟友となった三右衛門と大八であるが、何ごとにも遠慮なく、ずけずけと大八に物を言う三右衛門も、さすがに大八が口にしなかった二刀流への想いゆえに、

「頭取が申されたゆえ申すが、おぬしの恥にはならぬのだ。二刀流など使いものにはならぬと、この際はっきり申せばよいのだ」

この機会に余さず伝えておこうと、三右衛門はさらに続けた。

歳を重ねると、自分の人生に終りが見えてくる。

いつか叶えんとした夢が、夢のまま終るのだと思い知らされるのが恐くなる。

大八にとっては、それが二刀流体得であった。

世に名が知れ渡らずともよい。自分の技が、夢想する宮本武蔵のものに近付けば、それだけで武芸者としての一生は確かなものになるであろう。

そう信じて、あらゆるものを犠牲にして生きてきたが、結局は成しえぬままに老いさらばえるのかと思うと気が遠くなる。

しかし、向き合わねばならぬものから、逃げてはいけない。この辺りで、二刀流

と決別したとてよいではないかと、三右衛門は言うのだ。

鷹之介は、松岡大八の矜持を損いたくはなかった。

「大殿、わたしは二刀流をくさすつもりはござらぬ。誰よりもよく知る大殿にあれこれ教えてもらいたいのでござるよ。いけませぬかな？」

丁重に願ってみせた。

「頭取……。そのようにお気遣いくだされると、某も辛《つろ》うござりまする」

大八は苦笑いを浮かべた。

二刀流への夢を果せずとも、人生の終りに近づいて、大八は新宮鷹之介という若武者に頼られるという喜びを得た。

――そうだ。おれの二刀流への夢と空しさは、決して無駄にはなっておらぬ。この若殿のために生かせばよいのだ。

大八は鷹之介に向き直り、

「ちと意地になりましてござるが、某の真の想いを申し上げまする……」

ここで息を整えると、

「ははは、三右衛門の言う通りにござりまする。まったく二刀流は、仙人でもなければ使いこなされぬ剣術でござりまするよ。長年試してきましたが、とどのつまりが先ほどの立合では、どうしようもござりませぬ。一刀をもって立合えば、まだまだ頭取にも三右衛門にも引けはとらぬつもりでござるが、二刀で立合えばあれしきの力しか出ぬ。となれば、いくら精進したとて詮《せん》なきこととは思いませぬが、余の者には成し得ぬ術と、改めてわかり申した」

さばさばとした表情で本音を口にしたのである。

五

それから——。

水軒三右衛門も武芸場で二刀を遣ってみたが、

「わしにいたっては、大八の足許にも及ばぬよ」

と、すぐにやめてしまった。

「それはいったい、どのような理由でござりましょうや」

中田郡兵衛は帳面にあれこれ書き込みながら、誰よりも興味を示した。

戯作者《げさくしゃ》・中田軍幹としては、二刀を遣う豪傑が、バッサバッサと悪漢共を退治するところを書きたいところだが、先ほどから話を聞いていると、それはまったくの絵空事のようである。

筆には狸の毛が入るというが、嘘を書くにしても、真実をわかった上で書かねば、物語に奥行きが出まい。

こういうところで二刀流談義の進行役を買って出るのは真に頰笑ましい。

「まず一口で言うならば、太刀を片手で振り続けることに無理があるのだ」

大八が応えた。

「いくら利き腕とはいえ、右手だけではいささか重い……」

重いのでどうしても力を温存し、ここぞというところで振ろうとしてしまう。

しかし、所詮は片手技などというものは、変幻であり奇襲である。

外した時に、体勢を立て直すのに手間取り、相手の攻撃を受け易くなる。

大八は、片手で刀を振れるように、腕の力を鍛えたものだが、

「そうなると、今度は力まかせに刀を振ろうとするゆえ、技に切れがなくなるのだな」

鎖鎌術の達人で、何かというと編纂所に遊びに来る小松杉蔵《こまつすぎぞう》は、両手に鎌を構えて、実に見事に振り回す技が出来る。

それは鎌の大きさが同じで、さほど重くないゆえに、手に馴染み易いからである。

それに比べて刀というものは、小刀にしたとて刀身はなかなかに長く、斬るのを旨とする太刀を片手で操るのは至難の業である。

さらに二刀を振るとなれば、当然神経は二分される。一刀に全身全霊を傾けて振るよりもいささか散漫になる。

その辺りの破落戸《ごろつき》相手に二刀を振り回せば、こけおどしになるかもしれないが、それなりに剣術を修めた者となれば、型通りに動いてはくれない。

気力体力を消耗するのは、二刀で戦う方が早いと大八は悟っていた。

「それでも、若い頃は〝なせばなる。なさねばならぬ〟と思うて、修練に励んだ……。いつか自分も宮本武蔵に近付けると思い、書を読み漁りあらゆる工夫をしつつ、円明流を学ぶ傍らで二天一流の稽古をしたものだ。まず、それもまた楽しき思い出と考えねばなるまいな」

二刀流の難しさを語るうちに、大八は何やらおかしくなってきた。

今までに何度も、宮本武蔵の二天一流に疑問を覚えてきたが、それは自分自身を否定することになるゆえ、心の内に抑えてきた。

対外的にも、自分はあくまでも円明流剣術指南であるとして、宮本武蔵が後に創った二天一流については極力語ってこなかった。

しかし、今こうして心の内にくすぶっていた戸惑いや、悔しさ、流儀に対する疑念など、一気に吐き出してみると、気持ちがすっきりとして、身も心も軽くなった心地がしたのだ。

鷹之介は、いちいち相槌を打って、ニコリともせずに大八の話を聞いていたが、

「これは、武芸に止まらず、歌舞音曲《かぶおんぎょく》にも通ずることでござるが、総じて芸には、その者にしかできぬものがあると聞いたことがござる」

やがて神妙な面持ちとなって語った。

「きっと二刀流は、宮本武蔵という豪傑にしかできぬ刀法で、誰にも真似はできぬのでござろう。武蔵先生はそれを承知で、弟子達が首を傾げているのを眺めながら、ニヤリとされていたのではござらぬかな」

宮本武蔵も二天一流も否定せず、ほのぼのとした物言いをする鷹之介に、一同は

心を癒《いや》された。

「ははは、言い得て妙でござるな」

三右衛門が相好《そうごう》を崩した。

「わしも大八も、修練を積んだ流儀において、自分にしかできぬ術を身につけねばならぬのう。まだ少しばかり時は残されておるでな」

大八は、三右衛門をじろりと見て、

「三右衛門……」

「何じゃ」

「おぬしも時には、まともなことを言うのだな」

「時にはとは何じゃ」

武芸場には温かな気が充ちていた。

しかし、一同が笑みを浮かべる中で、鷹之介だけは神妙な面持ちを崩さずに、

「考えてみれば、二刀流に領ぜられて、これを成しえぬまま空しく消えた剣客もいたのであろうな……」

と、想いを馳せた。

武芸帖編纂所の務めとしては、そのような剣客を追ってみるのも意義があるのではないかと、鷹之介は言うのである。

「頭取が申される通りかと存じまする」

郡兵衛が大きく頷いた。

彼の頭の中には、宮本武蔵になりたくて二刀流の会得に励んだが、どこまでいっても極められず、苦悩の中諸国行脚《あんぎゃ》する男の物語が浮かんでいた。

実際にそんな剣客もいるに違いないと思っていると、

「そういえば大八。かつておぬしの弟子に二刀流狂いが一人いたな」

不意に三右衛門が言った。

「小谷長七郎《おだにちょうしちろう》のことか……」

すっかりと笑顔を取り戻していた大八であったが、応える声には再び憂いが込められていた。

「左様、小谷長七郎と申した。今はどうしている？」

「さて、どうしていることやら……」

かつての弟子が案じられて、大八は憂うのであろうか。

鷹之介は気になって、

「大殿が、かつて目黒《めぐろ》で道場を開いていた頃の御弟子かな」

「いかにも……」

松岡大八は、播州龍野の城下で剣才を謳《うた》われ、やがて領主・脇坂《わきさか》家の援助を得て出府した。

脇坂家の流儀として伝えられてきた円明流を、江戸に広く知らしめよという栄誉に与《あずか》ったのだ。

まだ三十にもならぬ大八は勇躍目黒白金《しろかね》の地に道場を開き、そこを拠点として円明流の普及に努め、ほどなく弟子も得た。

そのうちの一人が、小谷長七郎という浪人であった。

親の代からの浪人者であったが、その父親は利殖の道に明るく、ちょっとした金を遺してくれたので、彼は剣術に身を入れることが出来た。

そして、長七郎もまた宮本武蔵に憧れを抱いていて、円明流の道場が開かれたと聞き及び、松岡道場に入門したのである。

長七郎は、自分以上に宮本武蔵を崇拝している大八に感激し、

「わたしは、何としても二天一流へ、先生の後をついて辿り着きとうござりまする」

そう言うと、二刀流を探究する大八の稽古相手を買って出たものだ。

水軒三右衛門が、目黒におもしろい道場があると聞き及び、訪ねてみたのはこの頃であった。

柳生新陰流の遣い手ながら、出世欲もなく己が剣へのこだわりを貫いて生きる三右衛門は、大八と性格は異なるが、剣に対する想いが似ていて、何度も立合い互いに剣を高めあった。

指南を受ける相手をすぐに追い抜き、若くして己が道場を構えた大八にとっては、三右衛門の人並外れた強さは魅力であった。

その折、大八は密かに術を磨いていた二刀流を、三右衛門の前では封印していたのだが、当時はまだ二十歳を少し過ぎたくらいであった小谷長七郎は、

「わたしの二刀流など、水軒先生にはとてもお目にかけられるような術ではござりませぬ。されどいつかきっと、先生を唸らせてみせましょうぞ」

臆せずはきはきとして夢を語った。

三右衛門はおもしろがって、

「わしは二刀流などまるで遣えぬが、どうすればよいのじゃ。ちと見せてはくれぬか？」

大八の目を盗んで、型を所望したところ、彼は素直に応じて披露した。

それがなかなか堂に入ったもので、

「ほう、おぬしは二刀流の方が切れ味がよいのう」

三右衛門は見直す想いであった。

「長七郎、好い気になるでないぞ、まず一刀を遣えるようになってから、二刀の術を鍛えよ。よいな」

大八はそんな長七郎を、調子に乗らぬようにと窘《たしな》めつつ、一刀より二刀の方が強さを発揮する長七郎を不思議に思っていた。

やがて大八は、道場経営に詰まり、脇坂家からの援助も受けられなくなり、稽古場をたたんで廻国修行へと出た。

小谷長七郎とはその折に別れた。

一本気で飾りけがなく、自分以上に二天一流への道を目指していた長七郎を、大八はかわいがっていたが、彼を連れ歩けるほどの余裕はなかったのである。

「三右衛門、おぬしよく覚えていたのう」

大八は、嘆息《たんそく》した。

そういえば忘れてしまっていた弟子の思い出が、あの時の情けなさと共に、心の中に蘇ってきたのである。

「うむ、それはもう覚えている。あの男は真にもって、二刀流にとり憑かれていたからのう」

三右衛門は、武芸場に面した庭に降り注ぐ陽光を眺めながら、懐かしそうに言った。

「今の大八の口ぶりから察すると、長く会うてはおらぬようじゃのう」

「うむ、いかにも左様じゃ。別れてよりこの方、一度も会うてはおらぬ。合わす顔もなかったというところじゃな」

方々で日雇い師範代をしながら糊口《ここう》を凌《しの》ぎ、もう一度やり直してみようと、江戸へ戻って来た途端に、旅の間に剣の上でもめた連中に襲われた。

相手は六人で、大八はこれを返り討ちにしたものの、傷を負い浅草《あさくさ》の八兵衛《はちべえ》長屋の衆に助けられた。

その恩義に応え、長屋の井戸替えや力仕事を進んでこなして、一時はすっかりと武芸者の日常から遠ざかっていたところを、縁あって武芸帖編纂所にやって来たのである。

小谷長七郎を思い出す暇とてなかったのであった。

彼を思い出せたのは、それだけ今の大八が恵まれた境遇にあるからであろう。

三右衛門が長七郎を思い出してくれたことで、かつての松岡道場も浮かばれた想いがした。

そう考えると、いつもは何かというとやり合っている水軒三右衛門であるが、三右衛門が自分を思い出してくれたゆえに、大八は今この編纂所にいる。

そのことに改めて気付かされ、大八は三右衛門への友情を確かなものとしたのだが、

――長七郎は未だに、二刀流を追い求めているのだろうか。

一度、思い出すとそれが気になって仕方なかった。

「確かに、小谷長七郎ならば未だに二刀流を追い求めているやもしれぬな」

大八は力なく頷いた。

「長七郎殿のその後は知れぬのでござるかな？」

鷹之介は殊の外興をそそられた。

大八が小谷長七郎という弟子に対して、忸怩《じくじ》たる想いを持っているのなら、それを払いのけてやりたい――。

松岡大八は、今では武芸帖編纂所の編纂方として、なくてはならぬ存在となっているのだ。

もしも、小谷長七郎が松岡大八を、最早師として認めておらず、

「くだらぬ道場で、無為な日々を過ごしたものだ」

などと思っているとしたら、編纂所の名がすたるではないか。

鷹之介の問いに、大八は自嘲の笑みを浮かべて、

「まったく知りませぬ。いや、今さらながら至らぬ師であったと存じまする」

「わたしは至らぬ師であるとは思いませぬぞ。今思えばどうしてあの時に、こうしなかったか……。この鷹之介などは日々その繰り返しでござる。その小谷長七郎なる御仁を捜しましょうぞ。今では見事に二刀流を遣う剣客となっているのではござらぬかな」

鷹之介は身を乗り出した。

「さて、それはいかがなものでござりましょう」

「もしも、二刀流を投げ出していたとすれば、そこに至るまでの事情を訊ね、書き留めておくのも我らの役儀だ」

「頭取の申されることはもっともじゃ。かつて道場を構えていたことは、おぬしにとって苦い思い出なのかもしれぬ。だが、おぬしが道場を構えていたからこそ、この三右衛門と出会い、今ここにいるのじゃぞ。もう今ならば、しっかりと昔の自分と向き合うこともできるはずじゃ」

三右衛門が続けた。

大八はこう言われると言葉もない。

鷹之介の自分への想いが痛いほどわかるだけに、この提案をありがたく受けるしかなかったのである。

六

その翌日。

松岡大八は書庫に籠《こも》っていた。

小谷長七郎の消息を追うのはよいが、彼が今どこにいるか見当もつかない。

とりあえず、目黒白金にあった道場の周囲の住民に話を訊くことにした。

だが、まずその時の記憶を予《あらかじ》め辿っておく必要があった。

それゆえこの日は、書庫の中にある大八用の文机《ふづくえ》に向かって、思いついた者の名を書き出していたのである。

まず、かつて松岡道場があったところは、今では手習い所になっていると数年前に聞いていた。

近くに住んでいた弟子の中に、桑原千蔵《くわはらせんぞう》という浪人がいた。

小谷長七郎とは仲がよく、剣の腕はそれなりであったが、喧嘩が滅法《めっぽう》強く、内職仕事の傍らで町内の用心棒の役割を務めていて、ちょっとした俠客の風情を持ち合せていた。

人の面倒もよく見ていて、とにかく大八にとっては人懐こくて、何かと物を頼み易い男であった。

道場をたたんだ時は、

「まったく上達しない、不肖の弟子であったと思いますが、平に御容赦願います。まあ、わたしのことなら御心配には及びませぬ。腕っ節の方で何とか暮らしていけますゆえ」

当時は、二十五、六であったはずだが、たっぷりと貫禄を備えていて、大八を労るようにして別れを惜しんでくれた。

「小谷長七郎は、先生と共に二刀流を極めたいと願うておりましたゆえ、さぞかし無念でござりましょうが、なに、先生には先生の道が、長七郎には長七郎の道がござりまする。いつかまたあ奴の上達ぶりを見てやってくださりませ。それまではこの桑原千蔵が、いささか口はばったいことでござりまするが、奴を見守っておきましょう」

今思えば、弟子とはいえ千蔵は老成していて、時に彼の一言に救われたものである。

「まず千蔵に会うてみるか……」

大八は帳面に、桑原千蔵と大書した。

律義《りちぎ》な、義理堅い男であったから、小谷長七郎について何か知っているに違いない。

――せめて千蔵には、一度くらい会いに行ったとてよかったものを。どうしてそれをしなかったのか。

大八は自問したが、その答えはわかっていた。

目黒白金に想いを馳せると、当然、あの思い出が胸を締め付けて、身を苛《さいな》むからである。

二刀流の呪縛《じゅばく》と共に、それは未だに松岡大八に暗い影を落していた。

日頃は明るく、豪快なこの男にも抱えている闇があるのだ。

――昔の自分と向き合え、か。三右衛門め、味なことを吐《ぬ》かしよって。

大八は、ふっと笑って筆を置いた。

いつもならば、何冊もの書を脇に置いて、書き物に励んでいる中田郡兵衛も、大八が真顔で文机に向かっている様子に、ただならぬものを覚えたのか、先ほどから席を外している。

三右衛門は、未だ御長屋《おながや》の自室でぐずぐずとしているのであろう。朝から姿を見せていない。

聞こえるのは、掃除にちょこまかと動いているお光の足音だけであった。

「大殿、これにござったか……」

不意に新宮鷹之介が入ってきて、大八の傍らに座った。

「これは、お成りにござりましたか」

大八が巨体を揺すって威儀を正すのを、鷹之介は手を前に差し出して制すると、

「桑原千蔵……」

大八が大書した名を読んだ。

「これも、かつての弟子でござりまして」

大八は、鷹之介にその身上について語った。

「ほう、それはおもしろそうな男だ」

まず会いに行くべきだと頬笑んだ後、

「大殿、心苦しければ、わざわざ目黒へ出向いてまで、小谷長七郎のその後を探らずともよいが……」

少し言いにくそうに語りかけた。

「あれから考えてみたのだが、二刀流については、編纂方である大殿に一任すればよいことなのだ」

松岡大八の専門事項である二刀流について、武芸帖編纂所頭取としては、彼に調べを預け、後で確かめれば好い話ではなかったか。

いくら興《きょう》をそそられたからといって、大八のかつての弟子という小谷長七郎が今どうしているかを編纂所で言い立てるのは、いかがなものかと思われたのである。

松岡大八にも、今まで歩んで来た道程があり、いくら役所の上役であったり、同役であったりしても、そこへずかずかと興味本位に足を踏み入れてはいけないのだ。

「わたしも三殿もせっかちでいかぬ。何も急ぐ案件ではない。気の向いた時に、思うように進めてくれたらよいことなのだ。あれこれと勝手を申したが、まずいつものことと勘弁してくだされ」

鷹之介は頭を掻いてみせた。

大八は、清廉《せいれん》なるこの若殿と接していると、色々な屈託から解き放たれた心地がした。

「頭取はおやさしい……」

大八は声を詰《つま》らせた。

相変わらず涙もろい男だと笑われてもよかった。

「頭取は、目黒を訪ねれば、某が思い出しとうない、妻と子の思い出に触れねばならぬのを、お案じくだされたのでござりましょう」

振り絞るように言った。

「あ、いや、別段そのようなつもりはなかったのだが……」

松岡大八に時として暗い影を落す、〝あの思い出〟とは、正しく大八の妻子についてのことであった。

大八が編纂所に来るに際して、鷹之介はその概要は聞いていた。

同じく大八の過去を知る三右衛門にしてみれば、この際、二刀流への未練と共に、妻子についての思い出とも、きれいに訣別してしまえばよいのだと考えて、小谷長七郎を持ち出したのであろう。

しかし、鷹之介には気が引けた。

大八は、己が武芸に気をとられ、道場の経営は思わしくなく、たちまち生活苦に陥り、まだ五歳であった娘を亡くしているのだ。

「とは申せ、そこから逃げ出すわけにもいかぬし、また、忘れてしまえるものではござらぬ。どこかで自分なりにふん切りを付けねばなりますまい」

三右衛門はそのようにして、

「しっかりと己が過去に向き合わさせねばならぬかと存ずる」

などと鷹之介に言うが、もう少し時をかけてもよいのではないかと思えてくる。

それゆえ、大八に急ぐことはないと、さりげなく伝えるつもりが、あっさりと肚《はら》を読まれてしまった。

「まず、その、大殿にもあまり思い出しとうないこととてあろうと、そのように推察はいたしたが、何と申してよいやら……」

鷹之介は、しどろもどろになった。

昨夜は、編纂所に隣接する新宮邸に帰ってから、家士の高宮松之丞《たかみやまつのじよう》を相手に、

〝さりげなく妻子の思い出を匂わす〟話し方を稽古したのだが、

——やはり自分はまだまだ若造である。

と、つくづく思い知らされる。

「いやいや、頭取、忝《かたじけの》うございまする」

大八は、かえって鷹之介を労るように頭を下げた。

「もう、初老を迎えた男が、そのようなお気遣いを賜わるとは、真に面目次第もございませぬ。考えてみれば、頭取には目黒で道場を構えていた頃の話を、詳しゅうはいたしておりませなんだ。お気遣いに甘えていたとは不届き千万《せんばん》でござる」

「甘えていたわけでもないはず、わたしが訊かなんだだけのことだ」

「いや、頭取には何もかも知っていただかねばなりますまい。一杯やりながら話したいところでござるが、それではくだを巻いてしまいそうな……。ははは、今は無性に頭取に話を聞いてもらいとうなりました」

「その話、酔わずに聞きたいものだな」

二人はふっと笑い合った。

主従でもない。師弟でもない。ましてや肉親でもない。それでいて、頭取とその与力である編纂方という堅苦しい間柄でもない。

不思議な縁で共に武芸を求める二人は、人の世のおかしみと哀しさを噛み締めながら、しばし書庫で語り合った。

七

「某が八重《やえ》を娶《めと》ったのは、享和《きょうわ》元年のことでござりますれば、今から十八年も前になりましょうか」

その頃は、松岡大八が、恥ずかしいほどに夢に燃えていた頃であった。

まだ三十にもならぬうちに、播州龍野城下では、並びなき剣士となり、脇坂家五万三千石《ごく》の後ろ盾を得ての出府を果したのだから当然であった。

そもそも大八は、城下の石工《いしく》の倅《せがれ》であった。父親は怪力無双で心やさしい男であったが、大酒飲みで、それが祟《たた》って早死にしてしまった。

大八が十二歳の時である。

母親は、その跡を追うように流行病《はやりやまい》に倒れ、彼は十三の時に龍野城下の円光寺《えんこうじ》に、寺男として拾われた。

父親の血を受け継ぎ、体格も大きく、力持ちであったので、十三とはいえ、大人以上の働きが出来ると期待されたのだ。

二親に死に別れて、寺に引き取られたのは天恵であると、子供心に思った大八はよく働いた。

生来が朴訥《ぼくとつ》で、黙々と仕事をこなす大八は、寺の者にかわいがられ、

「どうだ、剣術を教えてやろうか」

と、やがて脇坂家家中の士から声をかけられるようになった。

円光寺は、宮本武蔵との深い縁があり、円光寺住職の弟・多田半三郎頼祐《ただはんざぶろうよりすけ》、脇坂家家老・脇坂玄蕃《げんば》は、武蔵から円明流の指南を受けたという。

それゆえ、脇坂家では円明流が盛んで、寺でも剣術が教えられていた。

〝門前の小僧〟であった大八は、剣術に心惹かれていた。

色んな人から宮本武蔵がいかに素晴らしい豪傑であったかを聞かされ、憧れが日々募っていった。

利き腕に太刀を持ち、さらにもう一方の手に、槍、十手などを持つ、戦国の気風を伝えた流儀は新鮮で、体力が生来身についている大八には恰好の剣術であったと

いえる。

「お前ならものになるかもしれぬ」

大八はその言葉にとびついて、稽古をさせてもらった。

するとたちまち術が身につき、一端《いっぱし》の遣い手となった。

「お前はまだ若いゆえ、二刀を上手に遣おうと思わず、まず一刀をしっかり遣えるようになれ」

そのように教えられ、袋竹刀での立合となると、二刀を遣う相手を一刀で圧倒した。

「焦らず、じっくりと二刀を遣いこなせるようになればよい」

宮本武蔵が二天一流の境地に行き着いたのは晩年であったという。

それゆえの教えであったが、まだ若年の大八が、誰よりも二刀を遣いこなせるようになってしまえば、立場が無いと、大人達は思ったのかもしれない。

大八はこの教えを守り、一刀での剣を鍛え、手裏剣など投剣にも励み、そっと二刀の型などを稽古して、並びなき遣い手へと成長を遂げたのだ。

「じっくりと……」

と言われた二刀も、龍野を出て江戸へ向かう頃には、城下の誰よりも遣えるようになっていた。

その間に武芸者ということで、苗字帯刀を黙認された。城下に松岡某という浪人がいたので、その養子になった体裁をとってくれたのである。

かくして大八は、脇坂家の支援を受け、目黒白金一丁目に己が道場を構えた。

彼に課されたのは、強さを売ることであった。

江戸には星の数ほど剣士がいて、剣術道場がひしめいている。

その中で目立とうと思えば、やはり立合での強さを誇ることが一番であろう。

時代は型稽古から、防具を着け、竹刀による打ち込み稽古がもてはやされる風潮へと移っていた。

他流仕合なども方々で見られるようになり、立合での強さを発揮する者のところに人が集まるようになっていた。

龍野の円明流には、立合において驚異的な強さを見せた松岡大八がいる。

これを江戸に送り込めば、脇坂家の面目躍如《やくじょ》となるかもしれない。

大八はその期待を背負ったのである。

だが、田舎の寺男が剣客という仮面を被ったに過ぎぬ大八であった。何かと一人では暮らしにくかろうと、脇坂家では大八に妻を娶らせようと考えた。

そして、八重という娘が候補にあがった。

八重は、脇坂家江戸屋敷に出入りする一刀流剣術師範・仁科雅楽之助《にしなうたのすけ》の娘で、白金の道場開きに際して雑用の手伝いに駆り出されていた。

それで脇坂家の定府《じょうふ》の武士達が、それとなく松岡大八との縁組を勧めると、

「お話を進めていただきとうございます」

八重は即答したという。

周囲の者達は半信半疑であった。

剣の腕は一流だが、田舎出の垢抜けがしない武骨者《ぶこつもの》である。

江戸育ちで、美しく整った目鼻立ちをした八重が、大八に嫁ごうなどとは思いもかけなかったのだ。

ただ、大八の強さに惹かれるかもしれないと声をかけたのだが、彼女は強さよりも、大八の飾りけのなさと、黙々と稽古に励む人となりを気に入ったらしい。

大八は天にも昇る想いであった。

剣術道場と美しい妻を一度に手に入れたのだから無理もない。

八重はどちらかというと無口な女であったが、彼女もまた黙々と家事をこなし、門人の世話をした。

翌年には、千代《ちよ》という娘をもうけた。

少しずつであるが、弟子も入門してきた。

ところが、剣客というものはただ強いからといって弟子が増えるわけではない。

教え方が上手く、尚かつほどよく稽古をつけられる師範が、多くの弟子を抱えることが出来るのだ。

出来の悪い弟子には能力を見極め、それなりの稽古をつけてやる適当さが要るのである。

日頃は師範代に任せ、

「うむ、ようなった！」

時に声をかけてやるだけで弟子は定着する。

剣一筋に生きていこうという者は一握りで、ほとんどの武士が泰平の世にあって武芸を嗜《たしな》みと捉え、剣術道場の門を叩くのである。

剣術師範から念の入った指南をされても、ありがた迷惑なのだ。

大八にはその辺りの匙《さじ》加減が上手く出来ない。

熱心に指南してもらえることが無上の喜びであった自分には、江戸の武士達の心情がまったく理解出来なかったのだ。

誰に対しても熱血指南をするので、入門したものの辞めていく者は後を絶たない。

見かねた脇坂家の用人が、世慣れた師範代を送り込んだが、

「そのような手ぬるい稽古で上達するはずがなかろう！」

大八は、不届き者めとばかりに、その師範代を叩き出してしまった。

「いかにも大殿らしい……」

その件《くだ》りを聞いた時、鷹之介は思わず笑ってしまった。

目黒白金に道場を開いたもののまるで流行らず、数年で閉めざるをえなくなったとは聞いていたので、大方はそのような理由であったのだろうと思っていた。

それがぴたりと当っていたのでおかしかったのだが、

「そういうところが大殿の身上だとわたしは思うのだが、それでは道場は成り立たぬ。難しい世渡りだ……」

そのように考えさせられもする。

「脇坂の御家としては、黙って見てはおられませぬな」

「いかにも左様で。これでは何のために後ろ盾になっていることやら知れぬと、そのうちに下されていた金子を打ち切られてしまいました」

「互いの立場があるとはいえ困りましたな」

「我が信念を貫いたまで。恨んではおりませぬ。さりながら某も世間を知りませなんだ。何とかやっていけると思うていたのでござりまする」

脇坂家からの援助も打ち切られたが、それを意に介さず、大八は己が剣の修練を続けた。

脇坂家から離れたことで、かえって思うがままに稽古が出来たのは幸いであった。

その頃に、水軒三右衛門が、

「弟子が寄りつかぬ道場があると聞き及び、さぞかし浮世離れした御仁がいるのであろうと訪ねて参ったのじゃが、思うた通りじゃ」

などと、彼独特の人を食ったような物言いで道場に現れた。

柳生新陰流の剣客というので立合うてみると、これが仙人かと思えるほど強い。

「流派にこだわっていては、強い相手と立合えぬ」

三右衛門との出会いは、大八にその発見をもたらした。強い相手と立合わねば自分は強くなれないと実感した大八は、僅かに残った弟子や妻子を放ったらかしにして、時に修行の旅に出たりもした。

道場はますます困窮《こんきゅう》した。

それでも何とか持ちこたえられたのは、妻・八重のお蔭であった。

彼女が堅実に貯えた金を注ぎ込み、それが失くなった後は、密かに実家の援助を仰いでいたのである。

大八はそれをまるで知らなかったのだが、ある時、弟子の小谷長七郎から事実を知らされた。

長七郎は、己が貯えの金を、そっと八重に渡そうとしたが、八重は、

「それだけは何があってもお受けできませぬ」

と拒んだという。

長七郎はそれが気になり、そっと様子を窺ったところ、義父・仁科雅楽之助が援助をしているようだとわかったのだ。

大八は、家にほとんどおらずに飲み歩いていた実父の姿を子供の頃に見ていたので、夫とはそのようなものだと思っていた節がある。

家内のことは八重に任せきりであったが、さすがにこの時は身に堪《こた》え、

「すまぬ！　きっと身を立てて、お前や千代を楽にするゆえ、今しばし待っていてくれ」

涙を浮かべて、八重に詫びたのであった。

「わたくしのことはお気になさらずともようございます。ただ、千代にだけは、ひもじい想いはさせとうございませぬ」

その時、八重は落ち着き払ってそのように応えた。

食膳が、極端に寂しくならぬようにと、八重は日々奮闘していたが、ろくに娘に食べさせることも出来ないようでは、父親とは言えまい。

大八は、方便《たつき》についてもよく考えると約した。

それでも八重は、

「貴方様が、世慣れた御方でないことは初めからわかっておりました。どうぞ剣術に打ち込んでくださりませ。立ちゆかぬようになれば、その時はまた御相談申し上

げますゆえ」

大八の武芸修練について止めようとはしなかった。

大八は、家計を気にしつつも、金を得る才覚もなく、結局は八重に甘えて同じような暮らしを送ってしまった。

——おれの剣が認められれば、自ずと方便も立てられるのだ。目先の金に走ってはなるまい。

自分に対してそのような言い訳をしたのである。

八重は黙って大八のしたいようにさせて、内職を始めた。

そして、実家からはその後も、幾ばくかの金を引き出していたのだが、千代が四つになった時、頼みの綱の父・仁科雅楽之助が病に倒れ、そのまま帰らぬ人となってしまったのだ。

八

八重はさすがに、

「もはや、暮らし向きも立ちゆかぬやもしれませぬ」

と、大八に弱音を吐いた。

「案ずるな。かくなる上は、おれも千代のために、なりふり構わず働くぞ」

ここに至って大八は、力仕事でも日雇い人足でも、何でもしてやると心に誓った。

とはいえ、武芸に秀でた大八も、仕事というと寺男の頃に寺の雑務を手伝った他に、何もしたことはなかった。

それももう十年以上前で、剣才を認められてからは、稽古をする他は、道場の掃除と師範の身の回りの世話をする暮らしが続いていた。

賃仕事などには慣れておらず、何をやっても長くは続かなかった。

――おれはいったい何をしているのだ。

そうするうちに、宮本武蔵の境地へ近付かんとしたこの身が、町の者達に紛れて、力仕事などしてはおられぬという絶望感を覚えてきた。

道場はもうすっかり寂れていたが、それでも大八を師と慕う弟子も二人いた。

――とにかくこの弟子達だけでも稽古をつけてやらねばならぬ。

今度は自分にそのような言い訳をして、内職を投げ出して、稽古場に籠るようになった。

八重は、それでも大八を責めなかった。

自分の賃仕事を増やし、幸いにも大八は住まいである道場にいるので、千代の世話を頼んで、暇を見つけては働きに出るようになった。

八重には町医者に嫁いだ妹が一人いたが、その義弟は清貧《せいひん》に生きる医者で、妹の婚家には頼れなかったのである。

大八は、稽古の傍ら千代の面倒を見た。

道場での稽古といっても、弟子は小谷長七郎と、桑原千蔵しかいなくなっていて、一人で型稽古をする時が多かった。

千代を稽古場の隅で遊ばせ、稽古の合間に読み書きを教えてやるのが、やがて大八のささやかな楽しみとなった。

剣術師範としてはまるで世に出られず、妻に養ってもらっているような不甲斐ない男を、千代は、

「お父さま……」

と、慕ってくれた。

不遇な時代を生きていた大八には、千代が神仏そのものであった。

宮本武蔵が晩年に行きついた二天一流という境地は、決して二刀を遣うばかりの剣術ではない。

一刀を極め、二刀を極める。

その境地に至らぬ焦りが、大八を自暴自棄にさせた頃もあった。

水軒三右衛門は、松岡大八の才を認めながらも、

「おぬしと稽古をしてもおもしろうない」

と、訪ねてこなくなっていた。

大八は、三右衛門の気持ちがよくわかる。

彼は不遇が重なり、世を拗ねてしまっていたのだ。

しかし、しっかりと向き合ってこなかった娘の千代の自分への情を受け止めると、心が晴れてきた。

千代を慰めんと、時折は二人で外へ出て、近くの溜池に、泥鰌《どじょう》や鯰《なまず》を獲りにいった。

子供の頃から、大八は川や沼で魚を手摑みにして獲る技にすぐれていたのを、思

い出したのだ。

その感覚は忘れていなかった。武芸者となった彼は、見事な勘が備っていて、次々に獲物を手中に収めた。

「お父さま、えらい、えらい……」

千代はその度に大喜びした。

獲物はそのまま食膳に上り、

「おれにもちょっとした取り柄があったぞ」

大八は、やっとのことで方便の一助を担った気がして、千代と喜び合ったものだ。

だが、いつも大漁とは限らない。

八重の内職が充実しているとも限らない。

親子三人が、満足に食べられない時もあった。

そんな日が幾日か続いた秋の日。

大八は、黙念と二刀流の型の稽古をした。

様々な雑念から逃れ、一時様々な屈託を忘れてしまいたかったのだ。

千代と遊んでいると浮世の煩《わずら》わしさがどこかへ飛んでしまう。だが、宮本武蔵に近付きたい自分が、娘のかわいさに一時我を忘れているのかと思うと、一方では無性に情けなくなってくる。

その日も八重は出かけていて、大八一人の道場の隅で千代は所在なげに、父の稽古を眺めていた。

父と池へ行って魚を獲りたかった。このところは食膳に魚が上ることはなかったから、父と一緒に獲りたかった。

しかし、千代の目から見ても、父の稽古に打ち込む姿は恐ろしく感じられたのであろう。

「お父さま、お池にいきましょう」

その言葉が出なかった。

先日は、見事に手で泥鰌を捕えて、父から大いに誉められたものを。

大八は、千代の想いが読みとれたが、その娘の無邪気さが何とも煩わしかった。

道場を開くにあたって、妻を娶った方が何かとやり易かろうと、脇坂家から縁談を勧められたが、今思えば妻子があった方が、武芸者として生きていくのが大変ではないか。

千代はかわいい。かわいいがゆえに、切なさと空しさに苛まれるのだ。

――頼むから、おれの修行の邪魔をしないでくれ。

大八は、その日意地になって千代に構わず、二刀流の型に没頭した。

久しぶりに好い稽古が出来た――。

やがてその充実感が、大八に訪れたが、気がつけば千代の姿が稽古場から消えていた。

――諦めて外で遊んでいるのか。

庭で遊ぶのはいつものことだ。

大八は気にも留めず、さらに木太刀を揮った。

すると、半刻《はんとき》（一時間）ほどして八重が縫い子の賃仕事から戻ってきて、

「千代の姿が見えませぬが……」

と、険しい顔で大八に言った。

「その辺りで遊んでいよう」

大八は意にも介さなかったが、千代はどこにもいなかった。

「もしや……」

大八は、ふと思い当る節があり、道場をとび出した。

——池に行ったのかもしれぬ。

先日は、自分の手で泥鰌を捕えた千代であった。

これを獲りにいったのではないだろうか。

「千代!」

そこは百姓地《ひやくしようち》の溜池である。子供が一人で遊ぶのは危険である。大八は声を限りに呼びかけながら、池の周囲を駆けた。

「お父さま……!」

すると、千代の悲壮な声が聞こえてきた。

「千代!」

声がする方へ駆けると、池の中で転んだのであろう。水に浸って泥まみれになって泣いている千代を見つけた。

季節はもう肌寒い頃であった。池に足を踏み入れて千代を抱き上げると、千代はぶるぶると震えた。

大八は自分の着物をその場で脱ぎ、小さな千代の体を包んで、さすりながら道場に駆け戻った。

「まあ……、何ということです……！」

八重は狂ったように千代の体を温め、寝かしつけたが、娘の震えはなかなか収まらなかった。

「すまぬ……。気がつかなんだのだ……」

大八はひたすら詫びたが、

「もうしわけありません……」

勝手に池に行った自分がいけなかったと、千代は大八を庇うように謝った。

「何を謝ることがあろう。お前は、泥鰌を父と母に食べさせたかったのだな……」

大八は悲痛な面持ちで、

「千代、しっかりしろ。しっかりするのだぞ！」

と、涙を浮かべながら話しかけた。

「はい……」

消え入りそうな声で応える千代は、高熱を出していた。

「どじょう、とれませんでした……」

哀しそうに大八に伝えた後、千代は一言も発せず、二日熱にうなされながら、短かい生命を散らしてしまった。

八重は狂乱した。

彼女が貧乏所帯に堪《た》え、日々奮闘したのは、夫を世に送り出さんとする情熱以上に、娘の成長を見守るためであったのだ。

そのかけがえのない人生の意義が、脆《もろ》くも崩れ去ったのであるから無理もない。

幼な心に、泥鰌を獲って方便を助けんとした千代の想いが、いじらしく不憫が募った。

大八も虚仮《こけ》のようになり何も出来なかった。

すべては自分の不甲斐なさと、不注意が招いた惨事である。それが胸に沁《し》みて、彼は己を責めた。

それまで一言も夫への愚痴や文句は口にしなかった八重であったが、夫婦の間の千代という名のかすがいが外れてしまったのである。

「あなたは、娘の命よりも武芸の方が大事なのですねえ」

恨みごとが堰《せき》を切ったように口をついた。

「千代はあなたに殺されたようなものです」

この言葉は、鋭い刃となって大八の胸を刺し貫いたのであった。

「お前の言う通りだ。おれが千代を殺したのだ……。許してくれとすら口にはできぬ。おれは呆れ果てた男だ……」

大八は八重に言われるがまま、己の面目なさを詫びた。

「せめてお前にしてやれることはただひとつ。離縁をいたすゆえ、新たな道を歩んでくれ。お前はまだ若いし、縹緻《きりよう》もよい。おれといても幸せになれるはずもないゆえにな」

遂には八重に去り状を認《したた》めたのである。

そして、八重はそれを受けた。

大八は心から夫、父であった自分に嫌けがさしていたし、その時の八重には、大八との暮らしをやり直さんとする気力が残っていなかったのである。

それからすぐに大八は、道場をたたんで旅に出た。

八重は妹の婚家の医者の家に身を寄せることになった。

義弟の医者も、貧しいながらも忙しくなり、手伝ってくれる者を探していたというから、ちょうどよかったのである。

小谷長七郎と桑原千蔵の二人が、旅に出る大八を見送ってくれた。

千蔵はその頃、ほとんど稽古には出ていなかったが、長七郎は大八と稽古が出来ぬようになるのを憤り、

「次にお会いする時は、きっと先生を打ち負かしてみせましょう」

そのように告げたのだ。

それから十数年の時が過ぎたが、大八は一度もこの二人に会っていない。

九

「いや、頭取に余すところのうお話ができて、この身がまた軽うなって参った。お付合くださり忝《かたじけの》うございまする」

松岡大八は、語り終えると晴れやかな表情を鷹之介に見せ、恭しく一礼をした。

「明日、早速、桑原千蔵を訪ねてみるつもりでござる」

「いや、大殿……」

鷹之介は何か言葉をかけようと思ったが、まるで浮かんでこなかった。

こうして目黒での日々を詳しく聞いてみると、自分の想像以上に悲惨な出来事で、それなら気持ちを切り換えて行ってこいとはとても言えない。

「頭取、御案じ召されますな。忘れよう、忘れようとしてきた目黒の頃の思い出を、かくも話せるようになったとは、我ながら驚いております。これも今の暮らしに誇りを持てるからこそ。頭取のお蔭にござります る」

大八は、ふん切りがついたと笑っているが、心の内では泣いているに違いない。

せめて気の利いた言葉で送り出さずばなるまいと、頭を捻っていると、書庫の隅からしくしくと泣く女の声が聞こえてきた。

「お光ではないか……」

鷹之介は、廊下から中をそっと窺う、お光の姿を認めた。

可憐《かれん》なる娘の目からは、涙が滝のように流れている。

「お光、立ち聞きをしていたな」

大八は、困った奴だと顔をしかめた。

「いえ、座って聞いておりましたよう」

しゃくりあげながら言い返すお光がおかしくて、

「こいつめ、口の減らぬ奴だ」

思わず大八は笑ってしまった。

「そりゃあ、聞いてしまいますよう。あんまり悲しくて悲しくて……、泣いちまったじゃあありませんか」

「勝手に聞いて、勝手に泣いておるわ」

「大様は、ひどいですよう」

「ああ、ひどい男であった……」

「そうじゃあありませんよう。目黒のことを忘れようとしたことが、ひどいと言っているのですよう」

「忘れようとしたことがひどいかのう」

「当り前ですよう。千代さんは五つで死んでしまったけど、それまでの間、大様をお父さまと慕ってくれたんでしょう？」

「うむ、そうだ……」

「それを忘れるなんてひどすぎますよ。辛かろうが、寂しかろうが、毎日でも思い出してあげないと、何のために五つまで生きたかわからないじゃあ、ありませんか」

お光はそう言うと、また泣きじゃくった。

「そうか、そうだな、お光の言う通りだ。ははは、どこまでおれはひどい男なのだ。よし、おれは目黒を訪ねて、あれもこれもそっくり思い出すぞ。ああ、思い出す。それゆえ、お光、泣かんでくれ……」

「泣くなと言う、大様が泣いていますよ」

「たわけめ、泣いてはおらぬ、泣いてはおらぬよ……」

鷹之介は、最早言葉は要らぬと、にこやかに席を立った。

書庫を出ると、水軒三右衛門がそこに立っていて、

「頭取……、お光のような娘が編纂所にいると、何かと重宝いたしますな」

ほのぼのとした笑みを浮かべた。

「まったくだ……。危ういところを救われた想いでござるよ」

応えた途端、鷹之介の目からも大粒の涙がこぼれ落ちた。

第二章　男たちの面目

一

目黒白金にある正覚院《しょうかくいん》は、高野寺《こうやでら》と称され、本尊は弘法大師《こうぼうだいし》の像。これは大師が四十二歳になった時、自らが作ったと言われて信仰を集めている。

周囲には寺院が建ち並び、各門前に町屋が僅かに広がるのが白金の通りである。

真っ直ぐ南西に道を行けば、行人坂《ぎょうにんざか》に出て、これを下って目黒川に架かる太鼓《たいこ》橋《ばし》を渡れば、泰叡山瀧泉寺《たいえいざんりゅうせんじ》、通称・目黒不動《ふどう》へと続く。

この門前はなかなかに賑わっていて、白金からゆったりと参りに出かけると、長閑《のどか》な田園風景に目を癒され、実に心地がよい。

「久しいのう……」

松岡大八は、感慨深げに呟いた。

一年前に新宮鷹之介の供をして、かつてはこの辺りに浪宅を構えていたという中田郡兵衛を訪ねてきたことがあったが、目黒を出てからここへ足を踏み入れたのはその時だけであった。

かつては、白金一丁目にあった道場から、目黒不動へ参りに行くのがちょっとした楽しみであった。

信心深いわけでもないし、賑やかなところが好きなわけでもない。

田舎から出て来て、

「おれは今、江戸にいるのだ」

ということを実感し、噛みしめるには、ちょうどよい散歩道であったのだ。

人が溢れるように行き交う繁華な町は少し足を延ばせば方々にあるが、田園風景の中に、巧みに町屋が点在する目黒の地が、大八にはどこよりも居心地がよかった。

目黒不動門前の掛茶屋で、茶を一杯飲んで、また白金一丁目に帰る。

三日に一度は、江戸の風情に馴染まんとして、ふらりと出かけたものだ。

この日、大八は早朝から赤坂丹後坂にある武芸帖編纂所を出て、遠廻りにはなるが、まず目黒不動に参ってから、白金一丁目へと出た。

昔と逆の順路である。

二刀流を継承する者達の中で、苦難の道を辿っている剣客がいたとすれば、それを書き留め検証し後世に伝える。

武芸帖編纂所頭取・新宮鷹之介の想いを、大八は謹んで受け入れ編纂事業を担うことになった。

それは同時に、長年求めた二刀流についての考察を、ここにおいてひとつの形にするものである。

となれば、その過程において円明流師範として目黒で過ごした日々の記憶が、いやでも彼の業績に貼りついてくる。

十数年の間、忘れんとして逃げてきた記憶としっかり向き合うつもりで、今彼は白金一丁目の古びた家屋の前に佇んでいた。

「うむ、きれいなものだ……」

その家屋が、かつての松岡道場であった。

柿葺《こけらぶき》の簡素な造りの仕舞屋《しもたや》に、二十坪ばかりの稽古場と、住居が併設されている仕様は、外から見ても変わらない。

今は手習い所となっていると聞いたことがあるが、耳を澄ますと確かに中からあどけない子供達の声がする。

その数は三十人近くいると思われた。

手習い師匠の姿が、開け放たれた木戸から、生け垣を通じて窺い見られる。

大八と同年輩の儒者のようだ。

穏やかなよく通る声で習字の指南をしている様子が、何とも頬笑ましい。

ほとんど剣術の弟子が寄りつかなかった稽古場に、子供達が所狭しといて文机に向かっているとは皮肉なものだ。

掃除もよく行き届いている。

あの手習い師匠は、ここで充実した暮らしを送っているのであろう。

この家も、立派に生かされて白金の地に馴染んでいるのならば何よりだ。

大八の頬も自ずと緩んできて、

「さて、行くか……。怪しまれてもいかぬゆえにな」

彼はにこやかな笑みを浮かべて、手習い所から目をそらせた。

するとそこに一人の童女の姿があった。

「千代……」

大八の口から思わず亡き娘の名が出た。

童女は五、六歳で、背の高い大八をきょとんとして見上げている。その様子が千代に似ていたのだ。

「あたしは、かよというのよ」

童女はにこっと笑って、手習い所に駆けていった。

何か理由があって、手習いに遅れたらしい。

「恐がられずによかった……」

千代に頬笑まれたようで、心地がよかった。

思い出の地を訪ねるのに、むさ苦しい恰好ではいかぬであろうと、今日は先日新調したばかりの紺袴に、渋茶の羽織を身に着け、こざっぱりとした剣客の風情を醸す松岡大八であった。

幼い子供にもそれがわかるのであろう。

少しこましゃくれた童女の物言いにも、大八に対する敬意が含まれていた。編纂所で、お光から、辛かろうが寂しかろうが、毎日でも千代のことを思い出してやるべきだと言われた。

「千代、どうじゃ。少しは父も立派になったであろうが」

見上げる空に、雄壮な鷹が飛んでいる。

「ふふふ、千代、父には立派な人が付いていてくれるのだ」

大八は涙を堪《こら》えると、かつての道場跡を立ち去った。

そのうちに心が安らいできた。

千代を思い出すことは決して悲しくない。

それがよくわかった。

――もう少し早く来ればよかった。

龍野から出て来た時は、ここが己の城と思い定め、修練の場と稽古に打ち込んだところであったが、今ではただの思い出に昇華していた。

赤坂丹後坂で日々の大半を過ごす編纂所の武芸場に比べると、ここはもう子供達の集いの場にしか見えない。

感傷に浸っている場合ではない。小谷長七郎の姿を求めねばならぬのだ。武芸帖編纂所編纂方としての務めが、彼の目を前へと向かせていた。

二

白金一丁目を北へ行くと、ほど近くに古川《ふるかわ》に架かる四《し》の橋《はし》に出て来る。

その南方の田島町《たじまちょう》に、桑原千蔵が住む長屋があった。

千蔵が、小谷長七郎と共に、大八が道場をたたんだ折にそれを見届けた最後の弟子であったのは既に述べた。

小谷長七郎は、弟子を見捨てるのかと大八に反発を覚えていた。

そして、長七郎もまたこれから方々へ出て武者修行に努めるつもりである、再会した折は立合にて打ち負かしてみせましょうと、強い口調で言ったものだ。

かつては二本榎《にほんえのき》に浪宅を構えていたはずだが、最早そこにはいまい。

「先生、わたしは変わらず田島町で暮らしておりましょうゆえ、お気が向きましたら、いつでもお訪ねくださりませ」

千蔵は、どこまでも大八にやさしかった。

旅から江戸に戻った折は、何日でも泊まっていってくれたらよいとまで言ってくれた。

とはいっても、かつての弟子を訪ねそこで居候を決め込むなど、恥ずかしくて出来なかった。

武芸帖編纂所に住まうようになってからは、

「そのうちどこかで千蔵を訪ねてみよう」

とは何度か思ったが、編纂所での暮らしもそれなりに忙しく、なかなかふん切りがつかなかった。

目黒にいた頃の自分と、しっかり向き合うことなど出来なかったし、千蔵の口から、その後の小谷長七郎の消息や、八重の暮らしぶりを知るのも恐かったからだ。

何よりも、弟子達を見捨て、逃げるように旅に出たのだ。

「合わせる顔がない」

という想いに捉われていたのである。

しかし、今なら会える。

千蔵も手放しで喜んでくれるであろう。

そして、小谷長七郎の消息も、千蔵なら知っているに違いない。

八重の今も、さりげなく教えてくれるであろう。

それらをしっかりと受け止め、長七郎が武芸者として、しっかりと暮らしているのか、彼の現在の二刀流を見届けたいし、あれこれ困っているなら、手を差し伸べてやりたいとも思っていた。

「思えば、千蔵はよい男であった」

あれから、数々の苦労を経た大八には、今つくづくと千蔵の人となりが懐かしかった。

小谷長七郎のように、どこまでも己が剣を極めたいという男ではなかった。

彼もまた、親の代からの浪人で、貧苦にあえぐ暮らしの中で元服をした。

その点においては、同じ浪人の息子でも、利殖に長けた父を持ち、それなりの財産を遺してもらった長七郎とは大違いであった。

「先生、貧乏はわたしを鍛えてくれましてござりまする」

しかし、千蔵は思い出したくもないはずの過去を楽しげに語った。

貧乏浪人の倅で、剣術道場にも学問所にも行けず、周囲の者から武士としての扱いを受けずにいたのを恥辱とは思わず、

「武士であるのに、武士としての堅苦しさに捉われずにすむのでござりまするゆえ、これほど楽なことはござりませなんだ」

と、彼は言う。

武士らしい暮らしは出来ずとも、武士らしく町の者達よりも腕が立つ男でいよう。

剣術を学べぬのなら、我流で武芸を鍛えればよいのだ。

武芸が戦うために身につける技ならば、町中には戦いがあっちにもこっちにも転がっている。

火事と喧嘩は江戸の華なのだ。

剣術道場で型稽古ばかり修めて悦に入っている奴らよりも、喧嘩に身を投じれば、実戦が身につくというものだ。

殴られても蹴られても、修行だと思えば痛くない。

どうせ武士としての扱いを受けていないのだから、負けても恥にならない。

「それに、貧乏人は打たれ強いのでござりまするよ」

どこかで喧嘩を見かける度に割って入り、仲裁に託《かこつ》けて暴れ回る。

気に入らぬやくざ者を見かけると、とにかく喧嘩をふっかける。

十五で本格的にこの修行を始めて、二十歳の時に一端の顔役になるまで、喧嘩が上達したのであった。

その間に、方々から用心棒の声がかかったが、

「武士というものは、義に生きるもので、金には転ばぬ」

などと言って、こういうところは武士を気取り人を煙に巻いた。

そんな日々を送っていると、不思議と暮らしに困らなかった。

喧嘩の仲裁をすれば、どこからか酒と祝儀が届けられたし、人に絡むやくざ者を見つけたのを幸いに喧嘩を売って、叩き伏せると、結果的に助けた相手から謝礼が舞い込んだ。

これらは、義に生きたところ、舞い込んできた金であるから、ありがたく受けることにした。

そうすれば、内職をする間を喧嘩修行に充てられるのでありがたかったし、

「ちと薬代に充てさせていただこう……」

と、喧嘩で出来た腫れや傷を見せてニコッと笑えば、誰もが頬笑ましく見てくれた。

そうこうするうちに、揉めごとや悩みごとを抱える町の者達が、千蔵にあれこれ相談にやって来るようになった。

決して金に転ばず、義侠の精神を見せ、尚かつ話がし易いのであるから、頼りにされるのは当然の成り行きであった。

やくざ者の喧嘩に巻き込まれた者などには、相手方に出向いて話をつけてやった。千蔵にとっては、相手とそれで喧嘩になれば自分の修行になるし、そういう相談は大歓迎であったのだ。

しかしその頃になると、相手方はほぼ以前にやり合った連中ばかりで、

「何でえ、旦那の知り合いかい？　こいつはご無礼いたしやしたねえ」

それで大概は収まってしまう。

相手も千蔵が武士であるから折れ易い。おかしなところで武士の姿が役に立ったものである。

腰には親から受け継いだ無銘の大小をたばさんでいたが、抜くことはなかった。

市中で武士が抜刀するのは、捕物出役、剣客同士の果し合い、仇討《あだう》ち、犯罪に遭遇した時くらいのもので、いずれにせよ千蔵には無縁であった。

その他の目的で刀を抜けば、お咎《とが》めを受けるのは免れまい。

「喧嘩の強いおれが抜いたら、お前の首は胴に付いちゃあいねえぜ」

そういう脅しにはなるので差しているだけの代物となった。

というわけで、用心棒となって金のために命のやり取りをする気もない千蔵には、剣術など必要はなかったのだが、ある日一人の浪人者が三人組の町の若い衆と揉めているところに出くわしてしまう。

浪人は酔っていて、若い衆の肩がすれ違い様に触れたの何ので、口論となったらしい。

浪人は偉丈夫《いじょうふ》でいかにも強そうであったが、酔っ払いに絡まれて謝ったとなれば男がすたると若い衆は数を恃《たの》んで一歩も退かなかった。

だが浪人者は強かった。

いきなり一人の頬げたを張り倒すと、さらに一人を投げとばした。残る一人はその隙に、

「やりやがったな！」

と、棒切れで浪人者の肩を打った。

「おのれ……」

浪人者はびくともせず、酔いにまかせて刀に手をかけた。

「す、素浪人、ぬ、抜くってえのか……」

さすがに勇み肌の若い衆も、本気にさせてしまったと後悔しつつ、酔った勢いで今にも抜刀しそうな浪人の前で足が竦んだ。

「こいつはとんでもねえところに出くわしてしまったぜ……」

千蔵は歯嚙みした。

三人の若い衆には見覚えがあり、このまま捨て置けば、男伊達を売りに暮らしている千蔵の名に傷がつく。

といって飛び出して止めに入ったりすれば、さらに浪人が逆上して抜き打ちをかけてくる恐れもある。

そうなれば、千蔵も抜かざるをえなくなるが、喧嘩が強くとも、剣術はまるで修めていないのだ。

ばっさりやられるかもしれない。

だが蛇に睨まれた蛙のごとく、動けなくなってしまっている若い衆の身も危ない。

相手が抜いたら抜いたで考えるしかない。ままよと飛び出そうとした時、

「おいおい、町の衆相手にそのような乱暴は控えた方がよいぞ」

と、浪人を宥《なだ》めながら止めに入ったのが、松岡大八であった。

その日は白金の道場を出て、木太刀片手に野駆けをしていたところ、大八もまたこの喧嘩に遭遇したのだ。

「何だ汝《うぬ》は……」

勝ち誇ったようにして、三人組をいたぶってやるつもりの浪人は、すっかり正気を失っていて、大八をじろりと睨みつけ、

「こ奴の代わりに、おれの相手をしようというのか……」

と凄んだ。

「そういうわけではないが、おぬしは酔うている。もうその辺りにしておかれよ」

大八は辛抱強く宥めたが、こうなると何らかの決着をつけねば得心出来ない者もいる。

「これしきの酒で酔うおれではないぞ！」

「いや、どれだけ飲んだかは知らぬ」

「誰が酔うておる！」

「おぬしだよ」

「ほざけ！」

こうなると話にならなかった。

浪人者はついに抜刀した。

大八は一歩退がるや、手にした木太刀で、浪人者の刀を峰の上から叩き落し、間《かん》髪《はつ》を容《い》れずに、相手の腹に突きを入れていた。

「たわけめが！」

浪人はその場に倒れ、動けなくなった。

「まず、そのうちに気がつくであろう。今のうちに行くがよい」

大八は三人組に声をかけると、何ごともなかったかのように歩き出した。

「お待ちくださりませ……」

千蔵はそれへ出て、大八に低頭した。

そして慣れぬ武家の物言いで、

「わたしを貴方様の弟子にしてくださりませ」

やっとのことに申し出たのであった。

三

こうして桑原千蔵は、松岡大八の弟子となった。

彼は、これまで生きてきた経緯を詳しく語り、

「今さらながら剣術を習うなど気恥ずかしゅうございまするが、わたしもまあ、その、武士の端くれにて、習っておいても罰は当るまいと思いまして……」

おかしな物言いで大八を笑わせた。

「なるほど、少しは暮らし向きにゆとりができたのじゃな。大いに習うがよい。ただし、剣が遣えるようになったとて、無闇やたらに遣うではないぞ」

「はい、それはもう心得ておりまする。刀を突きつけられた折、剣術を習っていればいかに逃げればよいかも知れるはず……」

「なるほど、それはよい心がけだ。言っておくが、おれは播州龍野の寺男の出でな、死んだ親父は石工であった。そんな奴が師匠なのだから、まあ楽にしてくれ」

「これはまた、よいお師匠様に巡り合えましてござりまする」

二人は気が合った。

その頃はもう、松岡道場も脇坂家から見放されていて、弟子もほとんどいなかった。

門人と言えるのは、大八と同じく、宮本武蔵に魅せられ、ひたすら武芸を探究せんとする小谷長七郎くらいのもので、

「江戸へ出て来たばかりの頃は、弟子を鍛え上げて、どこよりも強い道場にせんと思うたが、今ではその想いも失せた。思えば自分の剣もまだまだというのに、道場を構えるなど、大それたことであったのだ」

大八は、そんな気持ちになっていた。

「喧嘩で身を守るために剣術を学びたいのならそれもよし。気の向いた時に稽古場に来ればよい。相手の刀から誰よりも上手く逃げられるよう教えてやろう」

大八は千蔵には、そんな風に声をかけ、入門を認めてやった。

千蔵のような門人が一人いるのも、おもしろいではないかと思ったのだ。

千蔵は、大八の言葉に甘えて、気の向いた時に稽古場にやって来ては、相手の初太刀をいかにかわすかの稽古を望んだ。

喧嘩相手に武士がいて困るのは、すぐに抜き打ちをかけてくる恐ろしい奴がいることだと、千蔵は予々《かねがね》考えていた。

とにかく、これさえかわせば逃げられる。

「先生ほどのお人と稽古をしていれば、まず大事ございりませぬよ」

千蔵はそう言って、稽古場に来ると熱心に間を読み、飛び退がるきっかけを学んだ。

十日くらい空く時もあれば、五日続けて来る時もあったが、

「先生、これはほんのもらい物でござりまする」

いつも、酒や干物などを手土産にして道場に現れた。

彼の与太話を聞くと、不遇に塞ぐ心も少しは晴れた。

長七郎は気難しい男であったが、千蔵にだけは心を許していた。

そうこうするうち、千蔵の剣術の腕は次第に上がっていった。

そもそも喧嘩をさせると無敵の男であるから、勘が悪いはずもなかったのだが、

「先生、あんまり強くなって、喧嘩で人を斬りたくなると困りますから」

相変わらず、逃げるために術を学んだ。

その上で、

「長さんは大したものだ。おれにはとても真似ができねえや……」

などと兄弟子である長七郎を気遣い立ててやるので、千蔵が来たことによって、道場の内は随分と明るくなったものだ。

千代が死んだ時、八重と別れた時、道場をたたんだ時――。

思えば、共に悲しみ、別れを惜しみ、尚かつその場を明るくしてくれたのは桑原千蔵であった。

「早くあの男に会いたい……」

大八は歩みを速めた。

やっと過去の自分と向き合うつもりになった大八を迎え入れ、まずその入り口に連れていってくれるのは、千蔵をおいて他にないだろう。

「先生、達者にされておいでのようで、何よりでございますよ」

彼ならば、何ごともなかったかのように、大八との再会を喜んでくれるに違いない。

「確かここであった」

田島町の川辺からひとつ奥に入った裏店《うらだな》。

そこが千蔵の住まいであった。

裏店といっても、ここは三間を備えた平屋の造りで、その日暮らしの貧乏人はいなかった。

一端の顔役となっていた千蔵は、表長屋にも住める身となったが、人の厚意によって生きる身がそれでは厚かましいと、余り目立たない裏店を選んだのだ。

大八がここを訪ねたのは二、三度しかなかったが、いつ来ても千蔵の家には誰かが訪ねて来ていて、一度は表にまで客が溢れていることもあった。

あの頃の千蔵は三十にもならなかったというのに貫禄があった。今はもう四十近くになっているだろうから、すっかりと〝町の旦那〟となって君臨しているに違いない。

露地木戸を潜ろうとした時であった。

「先生……、松岡先生じゃぁ、ありませんかい？」

大八を呼び止める声がした。

「いかにも左様……」

振り返ってみると、番太と呼ばれる町の木戸番らしき男が立っていた。

「おお、おぬしは確か……」

「へい、兵六《へいろく》でございます。覚えていてくださったとは嬉しゅうございますねえ」

「忘れはせぬよ。〝あっしは猿みてえに身軽でございますからねえ〟それが口癖であったろうが」

「畏れ入りやす……」

兵六は首を竦めた。

小柄で顔に皺が多く、猿を思わせる兵六は、あの頃からまったく変わっていなかった。

彼は孤児で、近在の者達の厚意で、使いっ走りなどして暮らしていたが、千蔵があれこれ人から頼みごとをされるようになってから、拾ってやったのだ。

自分で言うように、猿のように身軽ですばしっこく、千蔵が手先に使うには便利な男であった。

松岡道場にも、千蔵と繋ぎをとりに何度か来たことがあった。

千蔵も貫禄があったが、兵六も当時は二十歳を過ぎたくらいであったというのに、随分と大人に見えた。老け顔は歳を取らないという表現にぴたりとあてはまる男である。

調子のよさも、人懐っこさも昔のままだ。

「見たところでは、おぬしも人に頼られるようになって、今では木戸番を拝命したというところかな？」

「へい、まずそんなところでございますが、先生は千蔵の旦那をお訪ねで……」

「ああ、会いに来たのだが……」

「やはり左様でございますか……」

兵六の表情は、たちまち暗くなった。

「ここにはもうおらぬのか？」

兵六は、大八の問いに苦い顔をして頷いた。

その表情が千蔵の思わしくない近況を、如実に物語っていた。

四

「いや、先ほど長屋の木戸でお姿をお見受けして、そうじゃあねえかと思ったんですがね……」

兵六が木戸番屋に大八を招いて語るには、あれからも桑原千蔵は、ずっと田島町の長屋にいて、〝旦那〟と崇められて、人の世話などしながら暮らしていたという。

ところが二年ほど前に、

「ちょいと旅に出ることになってな。帰りがいつや知れぬゆえに、ひとまず家を引き払いたいのだ」

と、言い出して姿をくらましてしまった。

男伊達の顔役とはいえ、腕っ節で生きてきた千蔵である。

ほとぼりを冷まさねばならぬことに出くわしたのかもしれない。

「ここの皆に難儀が及ぶような真似はしておらぬよ」

千蔵は笑いとばしたが、いずれにせよ深い理由があるに違いないと思い、皆はあえて訊かなかったのである。

人というものは薄情で、あれだけ千蔵に相談ごとをしていた連中も、いないとなると話題にすらしなくなった。

その折兵六は、いったいどういうわけなのかと、千蔵に訊ねたのだが、

「いやいや何でもねえんだ。お前には番太の役目を残しといてやるから、達者でな」

彼は笑うばかりであった。

「なに、そのうちに戻って来るから心配するな」

そう言い残して、以来兵六の前に姿を現さなかったのである。

「まったく何があったのかは知りませんが、せめてあっしくれえには、本当のところを話してくれてもいいってもんだ」

兵六は悔しそうに言った。

大八は相槌を打ちながら、

「おれも色々あって、千蔵とは長い間繋《つな》ぎさえとっていなかったゆえ、それを聞くと耳が痛いが、おぬしには本当のところを話したとてよいものだな」

兵六を慰めた。

「まあ、奴のことだ、これには深い事情があったのであろう」

「あっしもそう思いてえんでございますがね……」

孤児で、人のおこぼれに縋りついて生きてきた兵六が、木戸番になれたのも、千蔵が口を利いてくれたお蔭であった。

木戸番は町雇いの小者ではあるが、年一両二分の給金が出るし、木戸番屋では雑貨や焼芋を売ることを黙認されている。

侠客とはいえ、腕っ節で生きる千蔵の乾分《こぶん》でいるよりは確かな暮らしが出来る。

感謝してもしきれないほどなのだが、兵六の表情は曇りっ放しであった。

「何か悪い噂でも聞いたか？」

大八は、抜け目のない兵六だけに、千蔵が今どうしているか、聞きつけたのではないかと見た。

「お察しの通りでございます」

兵六は眉をひそめ、顔中を皺だらけにした。

「千蔵は、どうしているのだ？」

「へい、それが、仁助《にすけ》っていうろくでもねえ野郎の許に身を寄せているようなのでございます」

「仁助……？」

兵六の話によると、麻布宮下町《あざぶみやしたちよう》に三嶋《みしま》の仁助というやくざ者がいて、仁助が開く賭場で、千蔵の姿を見かけた者がいるらしい。

仁助はそもそも目黒でよたっていたやくざ者で、若い頃は何度か千蔵に危ない目に遭ったところを助けられていた。

そのうちに見かけなくなったと思ったら、麻布界隈で好い顔になっていて、やがて、

「三嶋の親分」

などと立てられて、博奕《ばくち》打ちの親分になったという。

目黒不動門前で賭場が開かれた時、仁助は千蔵の顔を拝みに立ち寄ったのだが、

「桑原の旦那、あっしもやっと目が出てきましたから、いつでも遊びに来てくだせえ」

そんな話し口調にも傲《おご》りが窺われて、

「前は〝兵六の兄ィ〟なんて言っていたのに、あっしには目もくれやがらねえ。まったく嫌な野郎ですぜ」

麻布宮下町に一家を構えているというが、処の者達からの評判もよくないらしい。金回りがよいのは仁助が手広く商売もしていて、その才覚によるものであるが、

「あっしは気に入りやせんねえ。金がありゃあ何でもできると思ってやがる。千蔵の旦那が、よりにもよってあんな野郎の許に身を寄せているとは……」

兵六は忌々《いまいま》しそうに言った。

「千蔵は確かに仁助のところに身を寄せているのか？」

大八は首を傾げた。兵六の話から察するとその三嶋の仁助は、千蔵が何よりも嫌う男であろう。

「あっしも何かの間違いじゃあねえかと思って、何度も訊いてみたんですが、どうも千蔵の旦那のようで……」

だからといって、仁助の賭場など行ってみたいと思わないし、そんなところにいる千蔵は見たくもない。

それゆえ、何かの間違いだと自分に言い聞かせて、そのままにしているのだと兵

六は顔をしかめた。

「左様か……」

大八は兵六の気持ちがよくわかるだけに何度も頷くと、

「おぬしにも木戸番という大事な務めがあろう。放っておくがよい。おれも少しは人の世話を焼ける身になったゆえ、当ってみることにしよう」

兵六の肩を叩いてやった。

「そいつを聞いて安堵いたしやした……」

兵六はしんみりとして、

「いや、嬉しゅうございますよ。先生が旦那のことを覚えていて、ここまで訪ねてくださるなんて。お見うけしたところ、今では立派におなりになったようで。どうかよろしくお頼み申します……」

大八に深々と頭を下げたのである。

五

松岡大八は一旦、赤坂丹後坂へと戻った。

すぐにでも桑原千蔵を捜しに行きたかったが、やくざ者の賭場にいるとなれば、話がややこしい。

あのようなところには、血の気の多い者がいるものだ。大八ほどの武芸者ともなれば何も恐くないものの、どのような弾みで喧嘩になるかわからない。

とどのつまりは大八も頭に血が上り、やくざ者達を片っ端から打ち倒すような騒ぎを引き起こせば、千蔵とゆっくり話せなくなろう。

まずは武芸帖編纂所で、編纂方として頭取に今日の報告をして、相談すべきだと思われた。

「おれも少しは人の世話を焼ける身になった、か」

先ほど兵六に言った言葉を反芻《はんすう》すると、心地よい笑みが浮かんできた。

目黒白金にいた頃を思えば、今は頼もしい仲間に恵まれていて、相談出来る相手がいる。

「大殿、どうであった……？」

昼下がりの武芸場で、大八を待ち構えていた新宮鷹之介が、見所に迎えた。

傍らには、水軒三右衛門がもじもじとして座っている。

武芸場の隅には、中田郡兵衛とお光の姿も見られた。

皆、大八が目黒白金を訪ねることで、心を暗くして帰って来るのではないかと、気が気でなかったようだ。

一目見て、皆の想いが伝わってくるので、大八の笑みは、たちまち感動の泣き顔に変わっていく。

「何ぞ、やり切れぬことでもあったか？」

三右衛門がわざとぶっきらぼうな物言いで問うた。

「いやいや、つくづくとおれは今、幸せだと思ってな……」

「何だそれは。紛らわしい奴だ……」

怒ったような三右衛門を見ていると、大八の目はますます潤んできたが、

――そうもしておられぬ。

気を引き締めて、桑原千蔵の一件を報《しら》せた。

鷹之介は整った眉をひそめて、

「それは気になるな……」

きっと人に言われぬ事情があるのだろうと考えを巡らせると、

「賭場の一件は、甘酒屋の親分に動いてもらった方がよいのでは」

三右衛門に問うた。

「なるほど、頭取も打つ手が鋭うなっておいでてござるな」

三右衛門はニヤリと笑って、

「すぐに繫ぎをとりましょう。だが大八、もっと早うに訪ねてやればよかったのう」

大八をひとつやり込めることも忘れなかったのである。

甘酒屋の親分とは、四谷伝馬町《よつやてんまちょう》で甘酒屋を営みつつ、火付盗賊改方《ひつけとうぞくあらためかた》で差口奉公をする儀兵衛《ぎへえ》のことである。

かつて世話になった水軒三右衛門を通じて、武芸帖編纂所に出入りするようになり、今や新宮鷹之介にとって心強い存在であるのだが、

「いつお声がかかるかと、いつも心待ちにいたしております」

儀兵衛もまた、編纂所に構いたくて仕方がない者の一人となっていた。

新宮家の中間《ちゆうげん》・平助《へいすけ》が四谷に走ると、翌日でよいというのに、その日のうちに赤坂へとやって来て、鷹之介から話を聞くや、

「三嶋の仁助でございますか。すぐに調べて参りやす」

すぐにまた編纂所を辞し、翌日の昼には賭場の在り処《あか》まで調べてきた。

火付盗賊改方の手先を務める者の中には、博徒《ばくと》あがりもいて、このあたりの探索はお手のものらしい。

仁助はなかなかに抜けめのない男で、一家のほど近くにある空き家となった武家屋敷に博奕場を密かに設けていた。

武家屋敷には、町方役人は出入り出来ない上に、町方の方にも上手く鼻薬をかがせているので、手入れに遭うこともないらしい。

もちろん、儀兵衛も内々に探索をした。

火付盗賊改方とて、わざわざ踏み込んで、町奉行所との軋轢《あつれき》を生みたくはないので、見過ごしにしている賭場もある。

何よりも、桑原千蔵がそこにいて罰せられては話にならないのである。

「松岡先生のお弟子というのは、どうやら賭場の下足番をしているらしいですぜ」

さらに儀兵衛は、そのような情報をもたらした。

「下足番？　それは何かの間違いであろう」

大八は首を捻った。

腕っ節に生きた桑原千蔵である。

三嶋一家に身を寄せているとすれば、用心棒の他に身の置きどころはあるまい。

「用心棒にはならぬと、千蔵は常日頃言っていたのであろう」

三右衛門は腕組みをして、

「それが、志を曲げたというのも恥ずかしいゆえ、下足番をしているのだと、うそぶいているのではないのか」

溜息交じりに言った。

「なるほど、そうかもしれぬ。いかにも千蔵らしい物言いだな」

大八は言われて納得した。

「大殿、とにかくその博奕場に行ってみようではないか」

鷹之介は身を乗り出したが、

「いや、殿様がお行きになるところじゃあござんせんや」

儀兵衛が諫《いさ》めた。

「まずあっしが客に化けて、松岡先生にはその用心棒に化けていただきましょう」

そこで上手に千蔵と接触をとり、積もる話をした方がよいと言うのだ。

「なるほど、確かにその方が相手も話し易かろうな」

鷹之介は、大八と一緒に乗り込みたかったが、仕方なく引き下がった。

「ならば親分、任せてよいかな？」

「お任せくださいまし！」

儀兵衛は、嬉しそうに胸を叩いたのである。

さらにその翌日。

松岡大八は、一転して薄汚れた小袖と袴を身に着け、武骨な大小をたばさみ、儀兵衛と共に麻布へ向かった。

入り組んだ路地を行くと、武家屋敷の裏手へと出る。

仕立てのよい羽織を肩にのせた儀兵衛は、どこかの香具師《やし》の親分のように見える。

いかにも用心棒と連れ立って博奕をしにきたかのようだ。

板塀の木戸口へ来ると、儀兵衛は木戸の下から駒札を一枚中へ滑らせた。

それが符牒《ふちょう》になっているようで、すぐに内から戸が開けられた。

「いらっしゃいまし……」

目付きの鋭い男が出迎える。

「遊ばせてもらいますよ」

儀兵衛は、ゆったりとした口調ながら、声に凄みを利かせると、大八を伴って中へと入った。

庭から三間ばかり先に、かつては台所であったと思われる家屋が建っている。

その出入り口の向こうが賭場に改造されているらしい。

来客と察して、腰高障子の戸が開かれた。案の定、そこに下足場があり、その奥に博奕に興ずる男達の姿が、もうもうと立ち込める煙草の煙の中にぼんやりと見えた。

「どうぞお履物を……」

低い声で、四十絡みの男が二人に寄って来た。

賭場の下足番のようだ。縞柄の着物は着崩れていて、まるで精彩のないやくざ者である。

というのも下足番は右足が不自由なようで、無様に足を引きずるゆえに、こうなるのであろう。

「すまねえな……」

儀兵衛が雪駄を脱いでまず上り框《かまち》に足をかけた。大八がそれに続こうとした時。

彼は下足番と顔を合わせて固まった。

下足番の目も大きく見開かれたまま、大八をまじまじと見つめていた。

噂は本当であった。その足の悪い下足番こそ桑原千蔵に違いなかった。

儀兵衛は大八の表情を読んで、ことの次第を察すると、大八を框の上から見下ろして、

「旦那は、ここで待っていて下せえ、一勝負したら帰りやすんで」

そう言い捨てて、さっさと博奕場へと姿を消した。

大八は頷くと、

「おれは上がらぬゆえ、履物はよい」

雇い主を出入り口で待つ用心棒を演じて、上り框に腰をかけた。

千蔵は足を引きずりながら、儀兵衛が脱いだ雪駄をしまうと、出入り口の隅にある鞍掛に腰を下ろして、大八に何か言わんとした。その表情は虚《うつ》ろであった。

大八もまた、千蔵に声をかけねばならぬと考えたが、変わり果ててしまった姿に言葉が出なかった。

——あの桑原千蔵が……。喧嘩が強く、洒脱《しやだつ》で、俠客の貫禄を備えた男が……。

大八の心は千々《ちぢ》に乱れたが、この姿を見た上は何とかしてやらねばなるまい。まず理由を訊いてやろう。とにかく頭の中を落ち着かせようとしたのだが、

「おう、雪駄を出してくれ」

その時、乾分二人を引き連れた親分らしき俠客《きようかく》が、千蔵に声をかけた。

千蔵は、こっくりと頷いて男の雪駄を整えた。

「おい、そこの旦那に茶のひとつもお持ちしねえか。まったく気の利かねえ野郎だなあ」

男は大八に軽く会釈すると、千蔵に吐き捨てるように言った。

「ただ今……」

千蔵は呟くように応えて、出入り口横の土間に向かった。そこに湯釜があるらしい。

「ぼやぼやするんじゃあねえぜ。おう……」

男は千蔵を叱りつけて、ひょいと小遣い銭を投げつけ、そのまま振り返りもせずに出ていった。

千蔵は銭を受け取ったが、数枚はこぼれて床で音を立てた。千蔵はそれを拾い集めると袖の内にしまった。

情けなさを堪えているのであろう。それをごまかすように口三味線を入れながら、茶を淹れると、大八の傍らに茶碗を置いた。

「へへへ、先生、とんだところでお会いいたしましたねえ……」

千蔵が努めて明るく振舞おうとする様子が痛々しくて、大八はここまで落ちぶれた弟子に、今まで何もしてやれなかった自分が腹だたしかった。

「今のが、三嶋の仁助か？」

千蔵は、ふっと笑って、

「ご存知なのですか？」

「ああ、お前がここにいると聞いて、訪ねてきたのだ」

「左様で……」

「用心棒の形《なり》をしていれば、話し易かろうと思ってな」

「来てみれば、どうしようもなく無様な下足番になっていたというところですか」

「おれもあれから色々あった。お前も色々あったのだろう。少しはお前の役に立てると思う。こうなった理由を教えてくれ」

鉄火場の喧騒に紛れて、大八は低い声で問いかけた。

雇い主を待つ徒然《つれづれ》に、下足番相手に話をする用心棒を、大八は上手に演じていた。

大八が、自分のために身をやつして訪ねてくれたことは、千蔵を大いに感激させた。

「ありがたい……。実にありがたい。わたしを気にかけてくれる人が、まだいたとは……」

六

桑原千蔵は、

「とりたてて、話すほどのことでもないのでございます」

と、ここに至るまでの経緯を語りたがらなかったが、大八に促されて、ぽつりぽつりと語った。

「身から出た錆《さび》でございますよ……」

ある喧嘩に巻き込まれて、右足を斬られたという。

「あれほど先生から、抜き打ちのかわし方を教わっていたというのに、ほんに不覚を取りました」

「喧嘩に巻き込まれた？」

「まあ、ちょっとした揉めごとを止めようとしたら、余計に騒ぎが大きくなったというところで」

千蔵は言葉を濁した。

思い出したくないこともあるだろうと、大八はあえて問わなかったが、その場は町方役人が出張って来て、千蔵は命拾いをしたという。

揉めごとはそれで収まったのだが、千蔵は足に大怪我を負い、その後はまともに歩けなくなってしまった。

そうなると、腕っ節で顔役になっていた千蔵ゆえに、彼を頼る者もいなくなる。

さらに、千蔵に恨みを持っている者がいたとすれば、ここぞと仕返しをしてやろうと思うかもしれない。

「それで、仁助を頼ったのだな？」

大八が鋭い目を向けると、千蔵は皮肉な笑みを浮かべて頷いた。

「三嶋の仁助は、〝何かあったらいつでもあっしを頼ってくだせえ。旦那には世話になりましたから〟会う度にそう言ってくれていたので、つい頼ってしまいましたよ」

「そうか……」

大八は何とも言いがたい不快な心地がした。

問わずともわかる。仁助は千蔵の腕っ節が欲しくてそんな甘いことを言っていただけなのだ。

足を引きずった千蔵は、ただの厄介者《やっかいもの》でしかない。いつでも頼ってきてくれと言った手前、無下《むげ》にも出来ず、とにかく拾ってやったが、

「もう、前の旦那とは違うんだ。面倒を見るだけでも、ありがてえと思ってもらわねえとねえ……」

冷たく言い放ち、賭場の下足番をさせるうちに、昔の恩義などすぐに忘れて、乾分以下の扱いをするようになったのに違いない。

千蔵は大八が憤ってくれていると見てとって、

「ふふふ、仁助の仕打ちが頭にきたこともありましたが、もうそれにも慣れましたよ。ここにいるとひとまず飯が食えるし、人目にもつきませんしねえ。まあ、贅沢は言えませんや」

宥めるように言うと、不自由な足をさすってみせた。

——だが、それにしても酷《むご》過ぎる。千蔵を使いっ走りの小僧のように扱い、銭を投げ与えるなど、男の風上にもおけぬ奴だ。

大八は、その言葉をぶつけたくなったが、言えば千蔵は余計に情けない想いにな

ろう。ぐっと言葉を呑み込んだ。

「先生、わたしをここから連れ出してやろうなどと、考えてはいけません」

相変わらず千蔵は、大八を宥めるように語りかける。

「考えてはいかぬか？」

大八は、むっつりと応えた。

「なりません……。先生はきっとあれから色々な辛いことを乗り越えて、立派にお成りになられたのでしょう。だからこそ、昔の弟子が今どうしているか気になって、わざわざお訪ねくだされたのだと推察申し上げます。わたしは、気にかけていただけで、もう本当に嬉しゅうございます。これで殊の外気楽な暮らしを送っておりますので、どうか打ち捨てておいてくださりませ……」

千蔵は、しみじみとした口調で、大八に懇願した。

「千蔵……」

大八は、やはりこのまま捨て置けぬと、彼を見つめたが、

「それに、仁助には少しばかり金も借りておりますのでね。そう容易《たやす》く動けぬのでございます。へへへ、貧乏人は打たれ強いのでござりますよ」

千歳は、はぐらかすように頭を掻いてみせた。

そして、にこやかな目を大八に向けて、

「先生は、ただ、わたしが気になって参られたわけでもないのでしょう？」

と、訊ねた。

確かにその通りであった。

まさか桑原千蔵が、ここまで落ちぶれていたとは思いもよらず、困惑してしまったが、そもそも千蔵を訪ねたのは、小谷長七郎について何か知らぬかと訊ねたいがためであったのだ。

しかし、大八はそうも言えず、

「いや、お前達目黒の道場にいた者が気になったのだよ」

「左様で……」

千蔵は素直に喜んで、

「小谷長七郎とは、お会いになりましたか？」

と、返した。

大八はその応えを待っていたのだが、まだ会っていないと言うと、

「あの男には、会わない方がよいかもしれません……」

意外な言葉を告げられた。

「あ奴がどうかしたのか？」

「いえ、相変わらず二刀流に打ち込んでいるようですが……」

「それならばよかろう」

「はい。それはそうなのですが」

「もったいをつけずに教えてくれ」

「左様でございますね。どうせそのうち知れることだ……」

「千蔵の目から見て、長七郎はおかしな道に進んでいるのか？」

「それはわかりませぬ。だが、わたしにはどうも、奴が人変わりしたような気がしてなりませぬ」

千蔵は、足を不自由にするまでは、時折、小谷長七郎とは繋ぎをとり合っていた。

長七郎は、大八と別れてから、自分もまた廻国修行に出ようと思ったらしいが、

「徒《いたず》らに旅に出たところで、二刀流が上達するわけでもない」

と、踏み止まったという。

長七郎は、大八が弟子を捨てて旅に出てしまったことに反発を覚えていた。

千蔵は仕方がなかったのだと宥めたが、本人は先行きに不安を覚えたのであろう。それを振り払おうとして、ことさら冷徹になって、己が剣の道を突き進んだようだ。

「まず、暮らし向きをしっかりとして剣に励まねば、おれも松岡先生の二の舞になるゆえにな」

彼はそう言って、利殖の才があった亡父に倣って、僅かな貯えをもって金貸しを内職とし、父譲りの才覚で方便《たつき》を安定させた。

その上で、江戸で二刀流を遣う剣客を求め、所在を知ると、自分から出向いて教えを乞うた。

しかし、それほど遣う剣術師範もなく、彼は苦悩しつつも、二刀流に鬼気迫る執着を見せ、青山宮益町《あおやまみやますちょう》に小さな稽古場を持ち、日々修練を重ねているそうな。

弟子は取らず、相変わらず稽古相手を見つけては出かけていくのだが、

「どうもそれが不気味なのでございます」

理想に燃える余り、口はばったいことも言う小谷長七郎であった。しかし、すべては真っ直ぐな気性がそうさせたもので、千蔵は彼のそこが好きであったというの

に、次第に人を傍へ寄せつけなくなった。

　金貸し業を軌道に乗せ、それでまた方便を気にせずに修練に没頭出来るようになったからか、長七郎は己が世界に没入して、

「千蔵、喧嘩の道具に剣術を学ぶなど、破落戸《ごろつき》が考えることだ。おれはおぬしのようなやくざ者とは付合いきれぬ」

　たまに千蔵が様子を窺いに行っても、そのように突き放すのだ。

「その頃になると、何で方便を立て、どのような修行を積んでいるのかもよくわからぬあり様で……」

　そのうちに千蔵は足を痛めて、三嶋の仁助の世話になるわけだが、

「ここへ来てからは一度も会っておりませんので、今奴がどうしているかはわかりませんが、わたしはどうも、長七郎は剣客としての道を踏み外しているのではないかと思われてなりません」

　と、唸るように言ったのである。

七

それから賭場に新たな客が、次々とやって来て、頃やよしと見てとった儀兵衛が博奕を終えた。

千蔵は下足の応対に当らねばならず、大八は、

「千蔵、おれはまた来るからな」

と、言い置いて賭場を後にした。

八重のことなども訊いておきたかったが、小谷長七郎の今が気になり、そこまで気が回らなかった。

儀兵衛は、浮かぬ顔の大八を気遣い、

「お蔭さまで、ちょいとばかり勝たせていただきましたよ。またいつでもお声をかけてくださいやし。お供をいたしましょう」

それだけを告げ、何も訊かずに四谷へ帰っていった。

「すまなんだ。今日のことはまたゆっくりと話すゆえ、よしなに頼む」

大八は儀兵衛の後ろ姿に呼びかけ、振り向いてにこりと頭を下げる彼と別れると、急ぎ赤坂への道を辿った。

武芸帖編纂所に着くと、大八は吐き出すようにこの日のあらましを、新宮鷹之介と水軒三右衛門に語ったものだ。

鷹之介が桑原千蔵の今を憂い、

「大殿、案ずることはない。必ずそこから連れ出そう。まず任せてくだされ」

と、胸を叩いたのは言うまでもないが、三右衛門は千蔵を知るだけに、

「その、足を斬られたという揉めごとが気になるな」

と、首を捻った。

「そうなのだ。やはり訊くべきであったかな」

「いや、そこは言葉を濁したに違いない」

千蔵は、揉めごとに巻き込まれたと話していたが、千蔵の乾分であった兵六は、千蔵が予《あらかじ》め長屋を引き払い、しばらく旅に出ると告げていたと語った。

それから考えると、千蔵はちょっとした覚悟をもって、その喧嘩に挑んだのではなかったのだろうか。

大八にすら語りにくい、特別な理由があったと窺われる。

「それでも、やはりそれを訊くべきであったかもしれぬ」

大八が表情を曇らせると、その場に臨席していた高宮松之丞が、

「今となればそのように思われるかは知りませぬが、博奕場の片隅で、変わり果てた弟子を前に、あれこれ訊けたものでもございますまい」

と、労《いたわ》った。

「うむ、その通りだな」

鷹之介は、さすがは年の功だと、松之丞を臨席させたことに満足しつつ、

「まず、小谷長七郎のことなど聞き出すことができたのだ。何よりであった……」

と、続けた。

大八の表情が、たちまち明るくなった。

——めでたい男じゃ。

内心苦笑しながらも、三右衛門はこのやり取りに相槌を打ち、

「それはそうとして、小谷長七郎を訪ねるのか?」

「訪ねずばなるまい」

大八はしっかりと頷いてみせた。

「それは楽しみじゃのう」

「うむ」

「心してかからねばのう」

「わかっておる」

大八は心を引き締めた。

長七郎の二刀流の出来を見るのは楽しみだが、再会した折は立合にて打ち負かしてみせましょうと、別れ際に言い放った言葉が、長七郎の中で燃え上がっていれば、いきなり立合を求められることとてあろう。

千蔵が、長七郎には会わぬ方がよいかもしれぬと言ったのを見ると、長七郎もまた昔と比べてすっかり人変わりしているのではなかろうか。

鷹之介も三右衛門も、この度は公儀武芸帖編纂所として広く二刀流の動向を調べていると伝えて、皆で訪ねてみてはどうかと提案してくれた。

大八にもその想いはわかるが、

「ひとまず、某一人で訪ねてみとうござりまする。今も長七郎がそれにいるかどうかは知れませぬが」

この度は助けを得ずに行くと申し出たのであった。

過去と向き合うのには、まずそこから始めねばなるまい。

じっとしてはおられぬ想いの鷹之介であるが、

――ここは、どっしりと構えて成り行きを見てとるのが一手《ひとて》の将でござりまするぞ。

臨席する高宮松之丞の目が、そのように語りかけている。

ぐっと堪えて、

「左様か、ならば我らは、桑原千蔵について考えておくとしよう」

威儀を正して送り出したのであった。

松岡大八は、翌朝早々と編纂所を出た。

どことなく気恥ずかしさがあったので、人知れず御長屋を出て、門番に出張っている新宮家の中間・覚内《かくない》にだけ、そっと告げるつもりであった。

だが、部屋を出るとすぐにお光が寄って来て、

「朝も食べずに行くのですか？」

と、声をかけてきた。

「お光、おれに気を遣うことはない。あまり腹も減っておらぬゆえにな」

余計に気恥ずかしくなったが、大八は彼女の気遣いが嬉しくて満面に笑みを浮かべていた。

「そんならこれを……」

お光はすっと竹の皮に包んだ握り飯を差し出した。

握り飯は、少しばかり味噌を塗って焼いてあるようだ。香ばしい匂いが鼻をくすぐる。

「ありがたい……」

大八は心の内が温かくなってきた。

「お光、お前は幼ない頃から海に浸ってきたというのに、よく熱を出さなんだな」

娘の千代は池で泥まみれになって熱を出したが、お光はよく無事で育ってくれたものだと、思ったのである。

「ふふふ、何を言ってるんですよう」

「お前が、ことあるごとに、千代を思い出せというから……」

「そうでしたね。まあ、あたしは馬鹿だから強いのですよ。はい、行ってらっしゃいませ」

「ああ、行って参る」

こんな会話が少しあるだけで、朝は爽快である。

大八は建ち並ぶ武家屋敷街を抜けて、宮益町へと出た。

この辺りに来ると、長閑な田園風景が眼前に広がってくる。

路傍でお光が持たせてくれた握り飯を食べ、さらに進むと、妙祐寺《みようゆうじ》に出た。

この寺を少し越えたくらいのところに、小谷長七郎の住まいはあるらしい。

注意深く辺りを見廻すと、趣のある庵風の家が数軒目に付いた。

そのうちの藁《わら》屋根のゆったりとした百姓家《ひやくしようや》から、強烈な殺気が漂ってきた。

大八の足は自ずとそれへ向かった。

生け垣に取り付いて隙間から中を窺うと、百姓家らしき風情だが、広い板間が庭に面していて、そこに佇む一人の武士の姿が目にとび込んできた。

「うむ……」

大八は唸った。

そこからは確《しか》と見にくいが、武士は四十前。その両手には大小の真剣が握られている。

白刃に光る晩秋の陽光がやけに眩しい。

「えい……！」

低い声が響き、武士は動いた。

「二天一流……」

大八は、武士が握る剣の型に、それを見た。

静かな動きの中で、二刀が虚空を斬っている。

大八は迷わず、板屋根の木戸を潜ると、庭からその稽古場を見上げて、

「随分と上達したのう……」

二刀を遣う武士に声をかけた。

武士はまるで表情を崩さず、

「いえ、まだ貴方を打ち倒すまでには至っておりませぬ」

嗄《しやが》れた声で応えた。

大小の二刀は、彼の前で重なり合い、地に向かっている。

この武士が、小谷長七郎であることは、言うまでもない。

八

松岡大八は、稽古場の濡れ縁に腰をかけた。

小谷長七郎は二刀を鞘に納めると、板間に座し、大八に向き直っていた。

しばし沈黙が続いた。

長七郎が揮う二刀は、厳《おごそ》かな剣気を放っていた。

大八の目からは、彼が別れてから後も、二刀に情熱を注ぎ、修練を重ねてきたことが窺われた。

「よう励んだな……」

などという言葉では言い表せぬ凄みがあったのだ。

十数年の歳月は、師弟それぞれに試練を与え、尚かつ剣の高みははるか向こうにある。

言葉さえ、軽々しくかけられぬ張り詰めた気が、そこに漂っていた。

「桑原千蔵からお聞きになられたのですか……」

やがて、長七郎が沈黙を破った。

大八は、すぐには応えず、

「千蔵が今どうしているのか、知っているのか？」

と、問いかけた。

「知りませぬ」

長七郎はまるで顔色を変えず、

「さりながら、以前いた住まいには、もうおらぬ由《よし》」

「それを知るなら、千蔵が関わったという揉めごとが、どのようなものであったか、知っているのではないか」

「あらましは……」

「知りつつ、相弟子の難儀を見過ごしにしたのか」

「先生は千蔵の気性を御存知のはず。大事ないかと訊ねても、お前の手は煩《わずら》わせぬとしか言わぬのが、あ奴の常にござりましょう」

「だが、あ奴はお前に何かを伝えに来たのであろう」

「少しの間、江戸を離れることになるかもしれぬゆえ、暇乞《いとまご》いをしにきたのだと」

「それをお前は何も訊かずにすませたのか」

「言いたがらぬゆえ、訊かなんだだけのことでござる。さして気にかけるほどのことでもないと思うておりましたゆえ」

「いったい何をしたのだ？」

大八は、苛々として言った。

「ある医者がいて、それが近頃嫌がらせを受けているので、話をつけねばならぬと」

「ある医者？」

その医者は、貧しい者達から神仏のように敬われていたのだが、腕のよさが見込まれて、とある大名家の御典医《ごてんい》として声がかかった。

町にはその医者がいなければ困る者も多いことだろうから、月に数度診立てに上がるだけでもよいという好遇であった。

それが叶えば医者の権威は高まり、富商などからも声がかかるであろうから、取れるところから取り、貧しい者達には無償で診てやることも出来よう。

ところが、それを妬《ねた》む者も出てくる。

あからさまな嫌がらせが始まり、御典医の誘いを断るように仕向ける、不届き者が暗躍したのだ。

千蔵は、町の者達からの願いを受け、嫌がらせを鎮めるべく動いた。

請け負っているやくざ者の中には、千蔵をよく知る者もいたし、町方役人にも持ちかけると、すぐに片がついた。

ほっと一息ついた千蔵であったが、敵は執拗《しつよう》に絡んできて、千蔵はある夜、闇討ちに遭う。

足を斬られながらも、刺客を番屋に突き出したものの、千蔵の足は元に戻らず、彼は姿を消してしまった。

それが、ことの真相であったのを、後に知ったと長七郎は言う。

千蔵は、これがかなり危ない橋を渡らねばならぬ仕事だと、初めから覚悟していたと見える。

予め長屋を引き払って臨んだのも、それゆえのことだと思われる。

話を聞くうちに、大八は顔を強張《こわば》らせた。

「まさかその医者とは……？」

「はい、桧山和之進《ひやまかずのしん》先生です」

「そうであったのか……」

大八は絶句した。

桧山和之進とは、大八の妻であった八重が、大八に離縁されてから頼った、妹・留衣《るい》の夫であった。

桑原千蔵が言葉を濁したのは、大八がそれを知れば大いに気にすると思っての配慮であったのだ。

「千蔵は、何も言わなかったのですか？」

長七郎は静かに問うた。

大八が頷くと、彼はふっと笑って、

「いかにもあの男らしい。それが侠気《きょうき》だ、男伊達《だて》というところだろうが、どうせ今はろくでもない暮らしをしているのでござりましょう。まったく馬鹿げている……」

「八重はこのことを知っているのか？」

「御存知ないかと」

「であろうな……」

そういうことは、人知れずそっとしてのけるのが桑原千蔵という男であった。

「しかし、千蔵のお蔭で、桧山先生は御典医となられ、町の者達からは慕われ、八重殿もその手伝いに忙しゅうされているようにござる」

「八重は未だに、桧山殿の許に？」

「よくは知りませぬが、そのようでござりまする。あのような目に遭えば、なかなか他所《よそ》へ嫁ぐ気力も失せましょう」

大八は沈黙した。

くだらぬことを訊ねてしまったと、自分を恥じたのだ。

「先生に関わった者は、皆、苦労をいたしまするな……」

長七郎は冷徹に言い放った。

「八重殿、千代殿、千蔵……」

「そしてお前か」

大八は、険しい顔で言った。

長七郎は、じっと大八を見て、

「先生によって、二天一流へ近付く喜びを知りました。どこまでも先生について、いつか二刀を極めたいと念じておりました。狂おしいまでに、二刀流にこの身を捧げんと心に誓った時、先生はわたしを置いて旅に出た……。その時は、仕方がないことだと己に言い聞かせました。いっそ二刀流など思い切り、宮本武蔵など何者かが創りあげたまやかし者だと、心の内から捨て去ろうとしたこともありました。だが、もう今さら引くに引けぬほどに、武芸の深みにこの身ははまっておりました」

「そこへはめたのは、この松岡大八だ。恨むならいくらでも恨むがよい。おれを立合で打ち負かせば、お前の剣も高みにひとつ近付くであろう」

「打ち負かしますとも、時が来ればきっと先生に我が修練の賜物《たまもの》を……」

「見せてくれると申すか」

「その時は、もう間近に迫っておりまする」

「ならば、それまでに、おれは桑原千蔵をこの手で救い出す！」

話すうちに心が激してきた松岡大八は、小谷長七郎にしっかりと頷いて、その場から駆け去ったのである。

長七郎は、大八の後ろ姿に鋭い目を向けると、ゆっくりと立ち上がり、再び二刀を抜き放った。

彼の顔は、能面のように無表情であった。

九

その日の夕べ。

麻布宮下町にある三嶋の仁助の家に、一人の若侍が現れた。

着ている物は〝お召し〟で、金持ちの浪人か、良家の子弟の微行かと思われた。

「主殿を呼んでくれぬか。ちと願いごとがあって参ったのだ」

喋り口調にも品があり、

「おう三一《さんぴん》、何しに来やがった！」

などと、日頃は威勢の好い応対をする乾分達も、

「へ、へい、ちょいとお待ちを……」

しどろもどろになって、仁助を呼びに行ったものだ。

役人達にも上手く取り入り、それなりに武士の扱いにも慣れている仁助であるが、こういう貴人には気後れがして、

「へい、あっしが仁助でございますが、まずはお上がりのほどを……」

と、丁寧に応対した。

「いや、よいのだ。大した話でもない。おぬしの噂を聞いてな。賭場とやらに連れていってもらいたいのだ」

「賭場に？」

「左様、博奕場へ行くのも、世情を知るための習いごとのひとつと心得ておる」

「なるほど……」

「とはいえ、大手を振って行けるところでもないようじゃ。ゆえに今はまだ姓名の儀は控えさせてもらうぞ」

若侍はにこやかに告げると、表に待たせていた一人の供侍に頷いた。

初老の供侍は、恭しく金封を差し出した。

「まずこれを渡しておこう」

若侍は金封を仁助の前に置いた。

十両はあろう。

「後は、中へ入ってからの楽しみじゃのう」

若侍は、爽やかに笑った。

仁助は当惑したが、これは上客だと思った。

この世間ずれしていない様子を見ると、お忍びで町の遊びを続けている、いずれかの若殿に違いない。

博奕という秘事を共有するのだから、この後上手く付合っておけば損はあるまい。

「へい、そんなら早速、ご案内いたしますでございます」

仁助は乾分を三人従えて、若侍とその供侍を件《くだん》の賭場へと案内した。

若侍は、

「駕籠《かご》は要らぬ。仁助とやら、道々おもしろい話を聞かせてくれ」

と言うので、仁助はここぞと博奕の楽しさ、賭場での遊び方などを若侍に説いた。

やがて、賭場のある武家屋敷が近付いてきたところで、

「そういえば仁助殿、賭場には足の悪い下足番がいると聞いたぞ」

「よくご存知で」

「しかも、以前は滅法喧嘩《めっぽう》が強い男であったとか」

「へい、それも片足が動かねえとなれば、哀れなものでございますよ」

「見る影もないと聞いたが、そなたとは昔馴染なのではなかったか」

「それほどのもんじゃあございません。腕っ節が強いのを鼻にかけて、あれこれあっしに偉そうな口を利きやがった、くだらねえ野郎で……」

「偉そうな口？　そなたのためを思うてのことではなかったのかな？」

「あっしのためを思って？　へへへ、まあ、奴はそんな気持ちだったのかもしれませんねえ」

仁助が笑いとばすと、出入りの木戸が見えてきた。

「おれだ。開けろ……」

仁助は木戸を開けさせると、若侍を中へ招き入れた。供侍もこれに続いたが、いつの間にか、二人に増えていた。

「こちらでごぜえやす……」

仁助は庭を歩いて、賭場の出入り口へ向かいつつ、

「ですがねえ殿様、食うや食わずの頃にされた説教なんてものは、ただただ面倒なものでございますよ。言われるこっちは卑屈な想いになりますからね」

「それを思い出すと頭にくるのかな？」

「仰《おっしゃ》る通りで。野郎は千蔵っていうのですがね、今じゃあ、あっしのお蔭で食っていけるんだ。千蔵には昔の情けねえ想いをしっかりと味わわせてやりますよ」

「それが、そなたの楽しみのひとつか？」

「へい、いたぶってやる度に、人間は落ち目になっちゃあいけねえと、教えられるのでございますよ」

仁助は鼻で笑った。

「いたぶって何年になる？」

「二年ってところでございます」

「ならば、もうこれくらいでよいだろう」

「え？」

「その千蔵は、わたしがもらっていこう」

「殿様が？　ははは、ご冗談を。何の役にも立たねえ野郎ですぜ」

「それは使い方次第ではないかな」

「この戸を開けたらおりやすから、見ていただけたらわかりやすよ。のろまで陰気なくそ野郎でさあ」

供侍の一人が、こめかみをぴくりとさせて、

「殿様がもらうと仰せなのだ。渡せばよい」

ずしりと低い声で言った。この供侍は、いつの間にか増えていた武士であるが、その正体は、松岡大八である。

となれば、若侍はもちろん、新宮鷹之介。もう一人の供侍は、水軒三右衛門となろう。

仁助は気圧《けお》されて、

「勘弁してくだせえ。千蔵には、ちょいとばかり貸しもありますんで、ちったあ働いてもらわねえと、困るんですよう」

「貸しはいくらだ？」

今度は三右衛門が訊ねた。

「十両くれえですかねえ」

仁助は次第にうんざりとしてきて、

「殿様は千蔵と何か因縁でもあるのですかい？」

気色《けしき》ばみながら言った。

「ああ、大いにある。十両ならば、先ほど渡した金で借りはなしだ。このまま連れて帰るぞ」

鷹之介は、穏やかな表情を一変させて仁助に言った。

「何だって……？」

仁助は乾分達と出入り口の前に立ち、

「さっきの金は、賭場へ案内してやる礼金じゃあねえのかい……」

彼もまた表情に険を立て、鷹之介を睨みつけた。

「ふん、賭場へ連れていってくれと頼んだのは、桑原千蔵を迎えに行くためだ」

あの十両は、高宮松之丞が鷹之介に用立てたものである。

この夏に、将軍・家斉《いえなり》の〝宝捜し〟に付合わされた時の褒美の二百両は、関わった者への賞与や宴やらに使っても尚、百五十両ばかり残っていて、鷹之介はこれを松之丞に管理させていた。

今日、松岡大八が宮益町の小谷長七郎の浪宅から戻った折、

「殿、このような時にこそ使う金でござるぞ」

松之丞は嬉々として、鷹之介に手渡したのであった。

「とにかく、仁助に十両はくれてやろう」

その上で、少しばかり千蔵の無念を晴らしてやろうと、鷹之介は大八、三右衛門と共に一芝居打って、乗り込んだのだ。

そんなこととは思いもかけぬ仁助であった。

千蔵を取り返しに来た、どこぞの不良浪人達が、賭場を荒らしに来たと受け取った。

「手前らは何者だ！　黙って帰れると思ったら大違えだぜ！」

仁助はがなった。

途端、乾分達が出てきて背後の木戸を固めた。

ここは武家屋敷である。三人を抹殺したとて何とでもごまかせるのだ。

だが、この親分は目の前にいる三人が、容易く抹殺出来る者かどうかを、見極めるべきであった。

大八が前に出ると、賭場の出入り口に立ち塞がっていた乾分二人は、あっという間もなく腰高障子戸と共に向こうに倒れていた。

外の怒声に何ごとかと身構えていた桑原千蔵がそこに、目を丸くして立っていた。

「先生……」

大八は、己が太刀を千蔵に手渡し、

「よいか、おれの傍にいて、かかってくる奴がいたら、その場で峰打ちに叩き伏せてやるがよい」

「は、はい……。しかし先生、こんなことまでしてわたしを……」

「ええい、話をしている間はない！　久しぶりに一暴れだ！」

雄叫びをあげるや、大八は、

「賭場荒らしだ！」

の声を聞き付け殺到してきた、三嶋一家の乾分と用心棒達を、小太刀で次々と峰打ちに倒す。

既に鷹之介と三右衛門にも、有象無象の輩が群がっていたが、二人にかかれば、こんな連中はわけもなく、乾分共は次々と打ち倒されていった。

逃げ惑う客達の中に紛れて、仁助はその場から逃れようとしたが、大八に捕まり高々と持ち上げられて、地に叩きつけられた。

鷹之介は、苦痛に呻く仁助を上から見すえて、

「公儀武芸帖編纂所頭取・新宮鷹之介である！　役儀によって、円明流松岡派の門人・桑原千蔵に幾つか訊ねたきことあり。連れて行くゆえ了見《りようけん》いたせ！」

鮮やかに言い放った。

「へ……、ご、御公儀の……」

武芸帖編纂所と言われても、仁助には何のことやらわからぬものの、この三人の武士の尋常でない強さから察するに、お上からのしかるべき遣いなのであろうと思い、

「何でもお好きなようにどうぞ……」

半ば放心して応えた。

「千蔵が借りた金は返したぞ」

「いえ、先ほどの金はお返しいたします」

「たわけが！　我らは強請《ゆすり》たかりの類《たぐ》いではないわ！」

「へ、へへェーッ！」

「賭場を荒らしに来たわけでも、取締りに来たわけでもないが、こ奴めは人の道に外れた憎き奴じゃ」

大八がそれを受けて、

「いかにも左様にござりまする」

神妙に頷いた。

「我が門人・桑原千蔵への仕打ちが許せませぬ。仁助！　ここから黙って帰れると思ったら大違いだ。その首を刎《は》ねてくれよう！」

「い、命ばかりはお助けを……」

仁助には大八が閻魔《えんま》に見えた。

「命が惜しいか？　千蔵、いかがいたす」

大八はニヤリとして千蔵を見た。

「いかがいたすと言われましても……」

わけがわからぬのは千蔵とて同じであった。

しかし、大八の笑顔を見ると、大八が今は偉い人となって、自分を助けに来てくれたということはわかる。

「ろくでもねえ野郎でございますが、わたしも偉そうなことは言えぬ、目くそ鼻くそでございます。ここはひとつ、堪忍してやってくださりませ」

千蔵も笑みを浮かべて命乞いをしてやった。

「こんな男を生かしておくと申すか」

「千蔵の旦那……、ありがとうございます……」

仁助は千蔵を伏し拝んだ。

「う〜む、命冥加《みようが》にかないし奴めが！」

大八は、もう一度怒りを込めて仁助を持ち上げると、下足場に向かって投げつけた。

仁助が白目を剥いて昏倒《こんとう》したのを見届けて、

「さて、各々方、帰るとしようか」

鷹之介が、満面に笑みをたたえて言った。

十

「何のこれしき、杖があれば赤坂くらいまでなら、大事ございませぬ」

意気揚々と引き上げる、新宮鷹之介一行の中にあって、桑原千蔵は杖に縋りつつ懸命に夜道を歩いた。

鷹之介は駕籠を勧めたが、今宵の興奮は千蔵を何年かぶりに猛々《たけだけ》しくさせていて、

「わたしもお供しとうございます」

と、杖を手に歩いたのだ。

「よしよし、まだまだ歩けるではないか」

大八は千蔵を励まして、

「おれの刀で何人叩き伏せてやった？」

「はい、二人かかってきやがったので、一人は脛を、もう一人は面を叩いてやりました」

「そうか、それはよくやったな。足が使えぬからといって剣が遣えぬわけではない

ぞ」

「左様でござりました。もう少し、しっかりと剣術を稽古しておけばよろしゅうございました」

「これからいくらでも教えてやろう」

「これから……」

「ああ、おれにもお前にも、明日という日がまだまだあるのだ」

「はい」

千蔵は、歩きつつ話すうちに、松岡大八の今を知り、自分はこの先の落ち着く先が決まるまで、武芸帖編纂所なる役所で面倒を見てもらえることがわかってきた。

不自由な足は、赤坂に近づくにつれて、軽くなってゆく――。

「しかし、明日という日はやって来ても、喧嘩のできぬわたしに居どころはあるのでしょうか……」

「ある。きっとある」

「左様でございましょうか……」

「ほら、しっかりと歩かぬか」

「申し訳ございませぬ、目が曇ってきまして……」

「めそめそするな。この松岡大八も、お前と同じような想いをしたものだ」

「先生が？」

「妻と別れ、道場をたたんで旅に出たおれだぞ。それはもう、生きていくのが嫌になったことが何度もあった」

「よくぞ、ここまで立派にお成りになられました」

「立派かどうかはわからぬが、ひとつ言えるのは、明日斬り死にしたとて、今のおれには骨を拾ってくれる人がいる。それが何よりの幸せだ」

その幸せをもたらしてくれる人が、新宮鷹之介であることは疑いもない。

水軒三右衛門が、鷹之介を見て頰笑んだ。

大八は恥ずかしそうにして、理由もなく高らかに笑ってみせた。

「ならば、この桑原千蔵も既に幸せを得ております」

千蔵は、また涙で目を曇らせ、足許をふらつかせた。

「さあ、着いたぞ！」

鷹之介が、声を弾ませた。

塀の向こうから漏れる編纂所の灯が、今宵は妙に温かった。

第三章　落花

一

桑原千蔵は、ひとまず赤坂丹後坂の武芸帖編纂所に身を寄せることになった。

松岡大八は、小谷長七郎の今について、賭場であれこれ千蔵に訊ねたものの、場所が場所だけに十分に話せなかった。

長七郎と会えはしたが、彼は大八に心を開こうとはしなかった。

それゆえ、大八と別れてからの長七郎がいかなる日々を送っていたか、もう少し千蔵に思い出してもらって、じっくりと訊きたかった。

何よりも大八の元妻・八重が身を寄せている、義弟・桧山和之進の受難を人知れず救い、それがために右足を不自由にしてしまったという経緯を改めて訊ね、まず礼を言いたかったのである。

「先だって、お前はおれにその一件については何も話さなんだが、真に忝い。思えば、お前の右足を奪ったのはおれだ。どうか許してくれ……」

大八は千蔵に頭を下げた。

千蔵は、大いに恐縮して、

「許してくれなどと、とんでもないことでございます。あの折は、ただ男気を出して間に入ったのではありません」

町の名医・桧山和之進の受難に憤った連中から、回り回って転がり込んだ仕事で、それがまた八重に関わることゆえ、いささか気合が入り過ぎたのだと、頭を掻いた。

そして、出された酒を美味そうに飲み干すと、

「そんな話を長七郎が……」

かつての相弟子に想いを馳せた。

大八から、宮益町の浪宅でのやり取りを聞かされた千蔵であるが、

「あの男は、先生に随分と口はばったいことを言っていたようですが、心の底まで

捻《ね》じ曲がってはおりませぬようで」

「そうであればよいが……」

「長七郎は、わたしが何ゆえ姿を消したか、その理由を知っていたのでございましょう。それが何よりの証です」

「うむ、なるほどのう」

大八は、千蔵の盃に酒を充たしてやりながら、大きく頷いた。

千蔵は二年前、

「少しの間、江戸を離れることになるかもしれぬゆえ、暇乞いをしにきた……」

それだけを長七郎に告げに行った。

長七郎は深く問わず、あっさりと千蔵と別れたものだが、何ごとかと後から気になって、少し経ってから千蔵の動きを調べたのであろう。

つい二年ほど前には、相弟子を気遣う心が小谷長七郎に残っていたと見るべきである。

「確かにそうであった」

昼間、長七郎と会った時は、心が千々に乱れ、そこに想いが至らなかったと、大

八は苦笑したが、

「この二年の間に、あ奴はさらに変わってしまったのかのう」

世捨て人のごとく、感情を表さぬ能面のような長七郎の顔が思い出されて、やはり胸が痛かった。

「確かに人は年々変わりましょう。わたしなどはもう、ぼろぼろでございます」

千蔵はおどけてみせると、

「されど長七郎はまだ、生一本で、剣に向かってまっしぐらに突き進む、あの日の心を忘れていない、わたしはそのように信じてやりとうございます」

祈るような目を大八に向けた。

「うむ、お前の言う通りだ。おれも信じる。それがかつての師である、おれの務めだ。この度は見捨てたりはせぬ」

大八は、きっぱりと言って、千蔵を和ませたのである。

長七郎に対する釈然とせぬ想いは多々ある。

久しぶりに会ったかつての師にあれこれ恨みごとを並べ、虚勢を張りたくなる気持ちはよくわかる。だが、時が来れば大八を打ち負かしてみせると言葉に力を込め

た後、

「その時は、もう間近に迫っておりまする」

決然と言い放ったことが、今になってみると気にかかる。

あの場は、桑原千蔵の右足についての事実を知り、すっかり気が動転して、千蔵を今すぐにでも助け出さねばならぬと駆け出してしまったが、

——あれは、意味深長な言葉であった。

そう思われてならない。

間近に迫っているということは、術の悟りがあと少しで開かれる意であろうか。

いや、悟りは容易く開かれまい。

彼の二刀流の真価が、何かで試されようとしているのかもしれない。

——それはいったい何か。

まず考えられるのは、立合か仕合で強い相手を倒すことだ。

となれば、長七郎は近々大事な局面を迎えるのかもしれない。

しかも、それは命がけだ。

さらに釈然としないのは、長七郎の暮らしぶりである。

宮益町の浪宅に人気《ひとけ》はなかった。

彼は門人もとらずに、小体とはいえ稽古場のある家に暮らしていた。身形《みなり》もこざっぱりとしていたし、殺風景な中にもしっかりとした調度がそろえられていた。

方便に困っているようには見えなかった。

　となれば、相変わらず亡父に倣って、金貸しなどしているとも考えられるが、そのようにも見えなかった。

小谷長七郎は、日々修練を重ね、それに没頭しているように窺われた。弟子をとっていないものの、時折は出稽古をして、その謝礼によって暮らし向きを立てているのであればよいが、そういう渡世は容易くはない。

二刀を遣うのが珍しいゆえ、意外と引くてあまたなのかもしれないが、果して小谷長七郎にそれだけの剣名があるのかは疑わしい。

松岡大八とて、武芸帖編纂所に来てから一年以上になるが、一度くらい名を耳にしたとておかしくないはずだ。

大八は、その辺りのことを千蔵に、心当りはないか訊ねたかったのだが、ゆったりと語り合ううちに思い止まった。

あの薄暗い賭場の下足番を一日中務め、絶望の二年を過ごしたのである。晴れて自由の身となった今、また新たに小谷長七郎のことで、気を揉ませたくはなかった。

「千蔵のお蔭で、長七郎が達者にしていると知れたのだ。まず何よりであった。これからは少し様子を見ておくとしよう」

そう言って千蔵を安心させると、

「それよりも、お前の落ち着く先を決めねばならぬな」

彼のこれからについて水を向けた。

新宮鷹之介と、既にあれこれ相談はしていた。

二人の間では、儀兵衛の近くに住まわせて、何か小商いのひとつもさせたらどうかということで話はまとまっていた。

武士を捨ててしまわずとも浪人体で主を務め、小僧、小女などを置いて、本屋、古道具屋などをすれば様になるのではなかろうか。

その資金は編纂所で貯めてある金から出してやればよい。

「但し、これは貸すのだ。大殿がきっちりと取り立ててくだされ」

鷹之介はそれも含めて、楽しそうに計画を立てていたのである。

「先生……、地獄に仏とはこのことでございますねえ」

話を聞くと、千蔵は感極まってポロポロと涙をこぼしながら、

「用立てていただく金子は、先ほどの十両も合わせて、きっちりとお返しいたします」

大八を拝むように見て言った。

そして、不自由な右足を引き寄せ、精一杯威儀を正すと、

「先生、長七郎を今しばし見守られるのなら、その間に八重さんにお会いになられたらいかがですか」

声を振り絞った。

「余計なことを申し上げますが、あれから一度もお会いになっていないのでしょう」

「ははは、何を言うかと思ったら、おれが八重に……？　ははは、今さらどの面をさげて会いに行けというのだ」

大八は、千蔵の勧めをぎこちない笑いで受け流した。

「そうは仰いますが、この御役所で暮らす先生の今を知れば、八重さんもお喜びになられるはず……」

千蔵は尚も続けたが、

「今がいくらよいとて、あの日のおれは許されるものではない。それに、八重とて迷惑に違いない」

「左様でございましょうか」

「おれとて目黒でのことは、みな忘れてしまいたいと、思い続けてきたのだぞ。八重は尚さらであろう。まあ、いつかそのうちに、松岡大八も何とか武芸で身を立てられるまでになったと、わかってくれるであろう。それでよいのだ」

穏やかな物言いの中にも、頑《かたくな》な意志が込められている。

千蔵はそれ以上何も言えなくなり、黙って盃を干した。

「さあ、飲め飲め……」

大八は、間がもてぬようになると酒を注ぐ。

「八重も、お前のお蔭で穏やかな日々を過ごしているようだ。何よりではないか。

まったくお前はありがたい弟子だ。おれは今までいったい何をしていたのであろうな……」

やがて大八は、旅に出ていた間の諸国の様子を物語り、千蔵は処の顔役であった頃に関わった騒動をおもしろおかしく話した。

二人は編纂所の御長屋の一室で、今この瞬間の幸せを噛みしめながら、夜が白む時分までしたたかに酔ったのである。

二

桑原千蔵が来てから、編纂所はさらに賑やかになった。

そもそもが陽気で洒脱な男であるだけに、お光や中田郡兵衛とはすぐに馴染み、何かというと軽口を叩いて笑いが絶えなかった。

三嶋の仁助の賭場に潜入した時は香具師の親分を演じ、既に千蔵と顔を合わせていた儀兵衛もすぐにやって来て、

「今、手頃な商売ができる店を当っておりますので、ちょいとお待ちを」

もう何年も前からの知り合いのように千蔵に告げた。

四谷は、赤坂からもさほど遠くはない。

周囲には、泣く子も黙る火付盗賊改方を加役とする、御先手組の荒武者が多く住み、中には編纂所と心安い与力、同心もいるから、まず安心して暮らせる。

時には武芸帖編纂所を訪ねて、松岡大八に稽古をつけてもらうことも出来ようというのだ。

「それはありがたいことでござるな」

千蔵は、四谷へ行くまでの間に、ほとんど体を動かさず、軽く捌くだけで相手を倒せる剣術を教えてもらいたいと大八に頼んだ。

すると水軒三右衛門は元より、頭取・新宮鷹之介までもが、ああでもない、こうでもないと、大八の稽古に口を出してきた。

それが何とも頬笑ましく、千蔵は右足を引きずりながらも、少し間合を切り、半身をかわすだけで十分に敵と戦えると知った。

編纂所の面々に加えて、隣接する新宮屋敷から出張してくる、鷹之介の家来達もすぐに千蔵と親しくなったので、誰もが彼の上達を喜んだ。

おれを忘れてもらっては困ると、武芸場によく現れる鎖鎌の達人・小松杉蔵もこの輪にちゃっかりと加わっていたからおもしろい。

そうして十日ばかりが過ぎて、江戸は冬へと入った。

儀兵衛は着々と千蔵の落ち着き先の手配を進めてくれていて、彼が女房のおきぬに切り盛りさせている甘酒屋の斜め向かいにある仕舞屋《しもたや》をひとまず押さえてくれた。

店に使える土間と、それに続く座敷がそれなりに広く、写本の類いを扱う本屋がよいのではないかと言う。

本屋であれば、中田軍幹の筆名を持つ郡兵衛も心当りがあるので、

「あれこれ問い合わせてみましょう」

と、胸を叩いたのである。

小谷長七郎については、

「まずわしが、気をつけておこう」

三右衛門がそっと動向を窺った。

儀兵衛が、手先を使いながら、その手助けをしてくれたが、特に動きはなかった。

となると、鷹之介は千蔵、長七郎よりも大八が気になった。

千蔵がいる賑やかさに気を紛らせているものの、心の内で大八は八重を意識しているのではないだろうか――。

千蔵は、鷹之介にだけは、

「あのように言われておいででしたが、松岡先生も、八重さんに一度お会いになった方がよいと思うのですが……」

と、その心中を洩らしていた。

元より鷹之介の想いも同じであったから、

「ここにいる皆もそう思うているはず。いや、本人が誰よりもそう思うているはずだ。何とかいたさねばな……」

そのように千蔵に耳打ちすると、どうすればよいか頭を捻った。

武芸帖編纂所の頭取となってから、まだ二年と経っていないはずだが、自分がこれほどまでにお節介な人間になるとは夢にも思わなかった鷹之介である。

そう考えると、編纂所での日々は、小姓組番衆《こしょうぐみばんしゅう》から閑職に追いやられたどころか、激動にして濃密であったといえよう。

その間、鷹之介は小さくとも一役所の長となり、人の上に立つ者の務めは、下にいる者がいかにすれば幸せになれるかを考えることだと悟った。

そして、この務めが致しようによっては、なかなかに楽しいと気付いたのである。

しかしお節介は、時と場合によっては迷惑がられるものだ。

それを何の嫌みもなく、さらりと出来てしまうのが、新宮鷹之介が天性持って生まれた品性なのであろう。

そして、純朴な若殿にも、人との出会いによって知恵が付いていた。

まず大八の頑な心をほぐし、かつての妻に会ってみたいと思わせ、尚かつ男としての自信を身に付けさせねばなるまい——。

そこに考えが及ぶと、やはり女の助けが必要だと思われた。

しかもお光のような、純情一途な力で大八の心を揺らすのではなく、男女の機微を知っていて、女心を読み取れる、大人の女でなくてはならない。

——ふふふ、かくなる上は、あの姐さんを頼るしかないか。

鷹之介の頭の中に浮かんだ女の顔は、深川《ふかがわ》の三味線芸者・春太郎《はるたろう》の、美しいしかめっ面であった。

そういえばこのところ春太郎の顔を見ていなかった。

勝手知ったる編纂所で、ちょこまかと動く小娘・お光の存在がいささか気に食わぬ春太郎であった。

何かと頼りになる女だけに、この辺で機嫌をとっておかねばなるまい。

それもまた、武芸帖編纂所頭取の務めであると、鷹之介は思っている。

三

派手さはないが、しっとりとして趣のある常磐津節《ときわずぶし》が、冬の色里に響いている。

深川永代寺《えいたいじ》門前にある料理屋〝ちょうきち〟から、その三味線の音は聞こえていた。

すっかりと武芸帖編纂所行きつけの店となった店の二階座敷の窓からは、堀を隔てた永代寺の景勝が眺望出来る。

その宵。新宮鷹之介は、桑原千蔵の慰労と称して、松岡大八を誘って〝ちょうきち〟へやって来た。

若党の原口鉄太郎《はらぐちてつたろう》が、鷹之介の供として、ちゃっかりと相伴をしている。

三味線を奏でるのは、もちろん春太郎であった。

鷹之介は、中間の覚内を店に走らせ、その上で春太郎に繋ぎをとった。

自ら筆をとった文に、今宵の大まかな趣旨を予め認めておいたのだ。

——また、おかしな頼みごとをしてきたよ。まったく赤坂の面々は、世話が焼けるねえ。

そんな想いの裏側で、何やら心地のよい笑みを浮かべている春太郎であるが、

——うまくわっちの機嫌を取ろうなんて、見えすいたことをする殿様だよ。

鷹之介の心の内が手に取るようにわかるので、一方ではその爽やかさ、朴訥《ぼくとつ》さが鼻に付く。

つまるところ、春太郎はいささか拗《す》ねているのだ。

小癪《こしやく》な口を利くお光に怒っているのではなく、口では表し辛いおもしろくない想いに拗ねている。

知恵が付いたといっても鷹之介には、まだまだそういう女心がわからない。

だがわからぬという自覚があるから、春太郎を頼りにする。

いずれにせよ春太郎は、大して実にならぬ座敷に、どこかいそいそとして出るこ

とになる。

そして、そういう拗ねた想いを内に秘めた春太郎は、ますます大人の女の色香を発するのを、自分自身知るや知らずや——。

「いやいや、深川にはあまり来たことがなかったので嬉しゅうございますよ。三味線の音色を聞きながら窓の外を眺めていると、ほんに極楽浄土にいるような……」

千蔵はうっとりとして、鷹之介に礼を言っては、春太郎の芸を誉めた。

「この姐さんの芸はこれだけではないのだぞ」

大八は上機嫌で、千蔵をからかうように言った。

「そんなら舞の方も……」

「いやいや、手裏剣だよ」

「手裏剣……」

「角野《かどの》流手裏剣術の師範として、編纂所にも出入りしている変わり種でな」

「ならばかなりの腕前なのでしょうねえ」

「当り前だ。夏ともなれば、空を飛ぶ蚊を空中で真っ二つに……」

「それは無理ですよ」

春太郎はカラカラと笑った。

「やはりそれは無理かな……」

調子に乗ったと首をすぼめる大八を見て、一座は笑いに包まれた。

鷹之介は頃やよしと、改めて桑原千蔵の人となりを春太郎に告げると、

「へえ、先生にもこんな男気のあるお弟子さんがいたのですねえ」

春太郎も、ここぞとばかりに、少しばかり嗄れた声で感心してみせた。

この辺りは、予め文で次第を説明してあったので、春太郎も実に間がよい。

「まず弟子と呼べるほどのことは、何もしておらぬのだが」

大八は大いに照れたが、鷹之介はすかさず、

「男気の塊のような武士なのだ」

と、千蔵を称え、大八が止める間もない勢いで、

「春太郎は、編纂所出入りの武芸者でもあるゆえ、包み隠さず言うが、千蔵殿はなあ、大殿の恩顧に応えんとして争いに身を投じ、このように右足をいためたのだ」

と、詳しく八重の一件を語ったのだ。

「それはまた、ほんに男気の塊ですねえ……」

春太郎は、大いに感動した。

今日の鷹之介の企みは、文で知らされていたものの、千蔵が大八の元妻・八重をそっと見守り、人知れず敵をけ散らし、それによって足を不自由にしたとまでは、書かれていなかった。

何もかも告げるより、ひとつふたつはこの場で知った方が、春太郎の感動もより深いものになると思ってのことだ。

——まったく頭取にしてやられたよ。

春太郎は内心舌打ちをしたが、そんな想いをたちまち感動が包み込んでいく。

男勝りの春太郎も、男勝りゆえにこういう話には弱いのだ。

「そいつはほんに、好いことをなさいましたねえ。先生のご新造《しんぞう》さんだったお方は、さぞかし立派なお人だったのでしょう」

こんな言葉もすっと出た。

「まあ、その話はよいではないか……」

大八は、苦笑いを浮かべるしかなかった。

「いえ、よいですませちまってはいけませんよう」

そこからは、押し出しの強い、いつもの春太郎の口調となった。

「松岡先生には、随分前にご新造さんと、お嬢さんがいたと聞いておりましたが、そんなことがあったと知れば、気になるんじゃあありませんか」

「いや、それはまあ……」

大八の歯切れは悪い。

身を寄せている桧山和之進の身に降りかかった災は、千蔵の活躍で取り除かれたはずだが、それから二年が過ぎている。

また何か問題が起こっているかもしれないのだ。

確かに気にはなる。

「だが、桧山殿はもう大名家の御典医となられた由。殿様の脈をとる身であれば、ちょっとやそっとの難儀が起きたとて、御家が守ってくれよう」

大八は己が考えを述べたのだが、

「何を言っているんですよう」

春太郎は、しかめっ面をした。

いつもながらこの姐さんのしかめっ面には、えも言われぬ色香が漂う。

「先生、それじゃあまるで薄情ではありませんか」

ぴしゃりと大八を叱りつけても、まるでその場が乾かず、しっとりと潤うのだ。

「薄情かな……？」

大八は困った顔をした。

「わっちはそう思いますねぇ」

鷹之介は、してやったりという表情を浮かべ、うんうんと頷いている。

千蔵は呆気にとられて、しゃんと背筋が伸びた春太郎を見つめている。

「今のことはどうだっていいんですよう。前にあれこれあったのを、お弟子さんの口から聞いたんだ。〝その折は知らぬこととはいえ、役に立たずにすまなんだな〟、それくらいの言葉をかけにいかないで何とするのです」

「う〜む……」

春太郎の言うことは、もっともである。

八重の受難に立ち向かったのは、大八ではなかったが、大八の弟子なのだ。

千蔵が好い恰好をして黙っているのなら、自らの不甲斐なさを詫びると共に、千蔵がいかに大変な想いをして、桧山和之進の身を救おうとしたか、それを言ってやるべきだと春太郎は大八を叱っているのである。

八重と別れてから十数年が経っていた。

その間、大八は一時身を寄せていた長屋で、ろくでもない亭主から逃れて子供と暮らす母娘《おやこ》のために、奮闘したことがあった。

母娘にほのかな想いを抱いた大八であったが、それは二人に八重と千代を思い出し、何とかせねばならぬと考えたゆえのことであった。

千代を失った自分の不甲斐なさに、ほとんど発作のように八重と別れたのであって、大八は八重が嫌いになったわけではなく、何もしてやれなかった妻が、幸せになれるようにと、認めた離縁状であった。

千代の思い出と共に、八重を忘れようと努めたのは、

——もう今頃は、何《いず》れかへ嫁いだのであろうな。

という切ない気持ちから逃れんとしてのことに他ならない。

「松岡先生は、八重さんが誰かに嫁いでいたとしたら、迷惑になると思っておいでなんでしょうが、千蔵の旦那、二年前に八重さんに旦那はいたのですか？」

春太郎の問いに、

「いや、そんなことはなかった。八重さんは、桧山先生の仕事を手伝い、忙しくなされておいででしたから」

千蔵はきっぱりと応えた。

「いや、だがそれから二年が経っているし、桧山殿が落ち着かれた今は、わからぬではないか」

大八は苦しまぎれに言ったが、

「そんなはずはありませんよ」

春太郎は断定した。

二年前とはいえ、八重も四十になろうという年代にさしかかっていたはずだ。

いくら桧山和之進の暮らしが落ち着いたからとて、

「それでは、わたくしは新たな暮らしを送らせていただきます」

と、何れかに嫁ぐはずはなかろう。

二年前まで一人でいたのは、もう誰とも夫婦になどなりたくはないという、心の証であるはずだ。

そして、誰とも夫婦になりたくないという心の裏側には、忘れようとして忘れられぬかつての夫・松岡大八への想いが残っているからに違いないと春太郎は見ていた。

「八重が、未だにおれを想っている……。ははは、そんなことがあるはずはない。想いがあるとすれば、おれへの恨みつらみしかなかろうよ」

大八は一笑に付したが、

「想いというのは、よりを戻したいという想いではありませんよ。その恨みつらみも含めて、あの人は今頃どうしているのかという人への情ですよ」

「情、とな？」

「はい。時が経てば、頭にくる思い出ばかりではなくて、先生の好いところもまた、思い出すもんですよ」

「そうかな……」

「女のわっちが言うのだから、間違いありませんよ」

春太郎は悪戯《いたずら》っぽく笑った。

「だって、先生はほんに好い人じゃあありませんか。ねえ、鷹旦那」

「ああ、まったくだ。わたしは日々そう思うている」

相槌を打つ鷹之介を見て、千蔵も嬉しそうに頷いた。

「ですから、好い思い出を、そのまま残しておあげなさいまし」

大八にしてみれば、

「今さらながら」

となるかもしれないが、

「大変な目に遭うたと聞いたが、大事なかったか？」

そのひと言を直に言えば、二人の仲は元に戻らずとも、八重の思い出には磨きがかかるというものだ。

当惑して何も言えぬ大八であるが、ほのぼのと顔に朱がさし始めたのは、酒の酔いばかりでないのは明らかだ。

「ふふふ、余計なことを言っちまいましたねえ」

春太郎は、そこでこの話をすっと引っ込めて、

「すっかりと、寒くなってきました……」

開け放っていた窓を閉めると、再び三味線を弾き始めた。

心地よい音色が、男達の沈黙の気まずさを埋めていく。

にこりと大八に頬笑みかける鷹之介の、やさしさに充ちた顔を見ると、千蔵の胸はいっぱいになり、

「先生、よかったではありませんか。あれから色々あったでしょうが、好い御方に巡り合えたのですねえ」

心の内で語りかけずにはいられなかった。

四

新宮鷹之介が、松岡大八の心をほぐさんとして、深川で一杯やっている頃。

水軒三右衛門はというと、こちらも芝愛宕下《しばあたごした》の小体な居酒屋で、一人の剣客風の男と酒を酌み交わしていた。

男は根川六之助《ねがわろくのすけ》という御家人で、三右衛門とは旧知の仲である。

幕臣としては無役だが、直心影流《じきしんかげ》長沼《ながぬま》道場において修練を積み、四十となった今、その剣名は人に知られるまでになっていた。

特に剣術に対する炯眼《けいがん》には定評があり、

「剣客の目利き」

などと呼ばれている。

それゆえ時に出稽古の声が方々からかかるのだが、大名、旗本家が剣術指南を招く際に、仲介を頼まれることも多い。

彼の目利きは、直心影流に止まらず他流派にも及び、

「柳生新陰流には、水軒三右衛門という達人がおりまするが、こちらの流儀は将軍家剣術指南である上に、水軒殿はいささか変わり者でござるゆえ、指南役に招こうとて、難しゅうござりましょうな」

三右衛門については、そのように評していた。

「実に的を射たものだ」

三右衛門はそれを聞くとおもしろがり、時折は根川に会い、江戸の剣客達の様子を教えてもらうのを楽しみとしていた。

このところは、武芸帖編纂所の仕事が忙しく、なかなか会うことも叶わず、ほぼ二年ぶりの再会となっていた。

〝変わり者〟と評しつつ、剣客、武芸者としての水軒三右衛門を高く評価している

根川は、この日の再会を大いに喜んだ。

「して、水軒先生、今日はどのような話を御所望で……」

会うや否や、酒もほどほどに身を乗り出して訊ねたものだ。

「これは畏れ入ってござる。左様でござるな。うむ、今宵は二刀流を遣う剣客について教えていただきとうござる」

三右衛門は、今思いついたように言ったが、これはもちろん見せかけで、彼が小谷長七郎を知っているかどうかを確かめたかったのである。

「ほう、二刀流でござるか。さすがは水軒先生。おもしろいところに目をつけられましたな」

根川は相好《そうごう》を崩した。

既に水軒三右衛門が、公儀に新設された武芸帖編纂所に、編纂方として招かれたと聞いていた根川であった。

ほとんど人に訊かれたことのなかった二刀流の話に、気合が入ったらしい。

「さぞかし今は、二刀流についての編纂をなされておいでなのでござりましょうな」

「まずそんなところでござる」

「二刀流というと、やはり二天一流となりましょう」

もちろん、二天一流が二刀流そのものではない。

宮本武蔵は、

「左手さしたることはなし」

と、伝えている。

二天一流に見られる右手の片手技に対して、左の剣は添えものとして表現されてもいる。

しかし、武蔵が二刀を用いた剣術を極めたのは確かであると、彼《か》の剣豪を信奉する者達は信じ、右に大刀、左に小刀、二刀をもって立合い、一刀を遣う者を凌駕する。その極意に近づきたいと思う剣客は、少数ながら未だ存在する。

「まず、寺尾《てらお》、山東《さんとう》、村上《むらかみ》の各流派の師範が挙げられまするが、二天一流は九州が本場でござるゆえ、某が江戸で知る遣い手と申さば……」

根川は何人かの剣士の名を挙げたが、そこに小谷長七郎の名はなかった。

いずれも型の伝承者で、立合において華々しい動きを見せているわけではないという。

「なるほど、やはり左様でござるか……」

三右衛門はふっと笑った。

「今の剣術の風潮からは、二刀流にこだわる者もおりますまいな」

「いかにも……」

根川も感慨深げに相槌を打った。

一刀流中西道場、直心影流が導入した、防具着用による竹刀での立合稽古は、型中心の剣術に物足りなさを覚えていた剣士達の心を捉え、たちまち広まった。

怪我を気にすることなく打ち合え、実戦技を身に付けられるので、防具の普及は新たな剣術の隆盛をもたらしたといえる。

しかし、そもそも剣術とは、刀で斬り合うことを想定して成立している。

竹刀の大小を手に、防具を着けて二刀流の立合をしたとて、なかなか二刀流の凄みを感じることは難しい。

少々竹刀が体に触れたとて、怪我もしないし、生命の危険はない。一刀をもって二刀と対しても、連続技でたたみ込めば、立合で恐怖は覚えないものだ。

泰平の世に生きる武士が、真剣勝負をすることなど、一生のうちに一度あるかないかで、ほとんどの武士は、白刃を交じえる機会もないままに終るのだ。

となれば、さして剣術道場では力を発揮出来ない二刀流を、わざわざする者もあるまい。

文政《ぶんせい》の世になり、剣術道場は方々で多くの門人を擁し、一刀流各派、直心影流、神道無念流《しんどうむねん》、鏡心明智流などは中でも絶大なる人気を博している。その中において、二刀流は忘れられた感があった。

「まず骨董品のようになってしもうた由」

根川は嘆息したが、

「かと申して、某とて今さらながら稽古をしたいと思いませぬ」

すぐに苦笑いを浮かべた。

「いかにも」

三右衛門は大きく頷いた。

その想いは三右衛門とて同じで、稽古による立合で二刀取る者に一刀で対したとて、負ける気はしなかった。

「だが、もし二刀を極めた者がいて、その剣に触れたとすれば、考えが変わること
でござろうな」
三右衛門は、そこに想いを巡らせ真顔で言った。
根川六之助は、三右衛門の言葉に同意して、
「今時そのような物好きがいればの話ではござるが、一度見てみたいものですな
……」
しかつめらしい顔をした。
そしてはたと思いつき、
「そういえば、水軒先生は以前、松岡大八なる恐るべき武芸者がいると、お話しに
なっておいでであったかと。その御仁は確か円明流では……」
「いかにも、宮本武蔵に領ぜられた、これまた変わり者でござるよ」
三右衛門は、その大八が今は同じ編纂方として武芸帖編纂に携っていることを告
げると、
「今でも、松岡大八ほどの武芸に長けた者はおらぬと思うてござるが、この大八が、
宮本武蔵の二天一流の境地には到底近付けぬと、嘆いておりましてな」

「さもありましょう。宮本武蔵には謎が多過ぎる、二天一流は奥が深過ぎる……」

根川はまた溜息をついたが、三右衛門との剣術談義はなかなかに充実していて、知らず知らずのうちに、彼の顔は綻《ほころ》んでいた。

三右衛門はそれを見てとって、

「その、松岡大八にかつて小谷長七郎という弟子がおりましてな」

と、話を切り出した。

「この男もまた武蔵病にかかっていたのでござるが、どうもそれをこじらせているのではないかと、大八が気にかけている次第で……」

「ほう、それはまた大変でござるな」

三右衛門は、根川に長七郎が大八と離れた経緯を語り、二刀流にとり憑かれたように暮らす長七郎を、

「もしや、根川殿なら聞き及んでおられるかと思いましてな」

と、問いかけたのであった。

根川はしばし熟考した後、

「その、小谷長七郎殿かどうかは知れませぬが、四十前で二刀流の刀法に凝り固ま

った者がいるという噂は聞いたことがござる」

「真にござるか？」

「いかにも。何かの折には、二刀流の指南を頼めぬかと思うたものでござったが、そのような頼まれごとも一向になく、つい忘れてしもうたというわけにて……」

「いずれにせよ、小谷長七郎なる者が今どうしているかを知りとうござる。お調べ願えませぬかな」

三右衛門は、根川に改めて頼むと、三両の謝礼をそっと差し出したのである。

五

根川六之助が、小谷長七郎についての噂を三右衛門にもたらすまでには、それから三日を要した。

小谷長七郎はというと、その間さしたる動きもなく、宮益町の浪宅にほぼ籠りきりの日々を送っていた。

家には一日二度ばかり、近在の百姓の女房が、飯を炊きにきて、そのついでに掃除をしていくだけで人の出入りもなかった。

ただ、一日だけは近くの善光寺《ぜんこうじ》門前にある小さな一刀流の剣術道場に出かけ、二刀をもって真剣での型稽古を半刻ばかりしたという。

見届けたのは甘酒屋儀兵衛の手先の者であった。

長七郎の動きを見張るといっても、一日中張り付いているわけにもいかないので、それとなく長七郎の日常を周囲の者に聞き、外出をしやすい頃合を推し量り、一日一度一刻ばかり様子を見ていた。

それがうまい具合にはまったのである。

しかし、儀兵衛の手先の者は、ほんの使いっ走りの若い衆で、真剣での型稽古がどれほどの技量を駆使してのものかまではわからなかった。

その後、儀兵衛が足を運んで、道に迷った旅の商人を演じ、剣術道場の師範から話を聞き出したところ、師範は老齢の剣客で、主に近在の百姓達に剣術を教えているらしい。

それゆえ、あまり気の張る稽古もしていないので、月に一、二度、長七郎の型稽古の相手を務めてやっているのだそうな。

老師も一刀流に加えて、一時円明流を習ったことがあったらしく、

「二刀相手の型稽古は懐かしい上に、真剣となれば気が引き締まり、十ほども若返るのじゃよ」

などと笑顔で話していたが、小谷長七郎の型の技量はなかなかのものであるらしい。

長七郎は、ひとつひとつ刀の動きを確かめるように型稽古をするのだが、精神の集中は凄じく、付合う方も心してかからねば大怪我をすると言うのだ。

儀兵衛からそれを聞かされた時、松岡大八は、

「いかにも、そうであろうの」

と、思い入れをした。

先日、大八も一人で型の稽古をしている長七郎の姿を見て、彼が並々ならぬ修練を積んできたことを肌で感じていた。

一人でする型の成果を、時に近くの老師相手に、ひとつひとつ確かめているというのは、長七郎が地道に二刀流を極めんとしている意思の表れであろう。

その姿勢には、かつての師として満足を覚えたものの、老師の道場に半刻ばかり

出かけ型稽古をしたとて、それは出稽古ではない。

むしろ付合ってくれた礼を、長七郎が老師にすべきもので、依然、長七郎がいかにして方便を立てているかの疑問は残る。

その辺りは、さらに根川六之助が何か手がかりとなる情報をもたらしてくれるであろうと、三右衛門は落ち着かぬ大八に告げたものだが、大八が落ち着かぬのは長七郎のことばかりではなかった。

深川で春太郎に、八重と会うように勧められた動揺が、彼の胸の中にでんと居すわっていたのである。

そこに居合わせた新宮鷹之介も桑原千蔵も、その後は何も言わなかったし、大八も自ら八重の動向を確かめぬままに時が経っていた。

しかし、編纂所にいる者は、誰もが小谷長七郎と師弟の決着をつける前に、八重と会うべきだと考えていたし、大八も八重に会いたい想いを日々募らせていると見ていた。

儀兵衛が長七郎の動きを伝え、三右衛門が根川六之助と会った話を伝え、

「方々の御尽力、真にもって忝うござる」

大八はいちいち恐縮していたのだが、鷹之介はここぞとばかりに、

「小谷長七郎の動向もさることながら、高宮松之丞が、八重殿の動向を調べてきてくれましたぞ」

大八に耳打ちした。

「高宮殿が……」

大八はたちまちそわそわとし始めた。

「頭取、某は八重とはまだ会うつもりはござりませぬ。それゆえ、御厚情はありがとうはござりますれど……」

鷹之介が思った通り、大八は心とは裏腹なことを口にしてしどろもどろになった。

「大殿……」

鷹之介は大八に真っ直ぐな目を向けた。

この若殿の混じり気のない瞳を前にすると、大八はいつも強がった言葉を発せなくなってしまう。

「すぐに会いに行けとは申しておらぬ」

鷹之介はにこりと笑った。

「ひょっと訪ねてみとうなったら行けばよいのだ。だが、それにしても今どこにいるかわからぬでは訪ねようがない。まあ、それで爺ィが気を利かせたのじゃよ。うちの爺ィもあれでなかなか顔が広うて、大名家の御典医《ごてんい》など調べるのはお手のものらしい」

ここまで言われると、大八は感じ入って、

「それは、ありがたき幸せにて……」

と、聞くしかない。

「以前は芝口《しばぐち》にいたそうだが、今もその辺りにいて、桧山殿の手伝いをしているそうな」

以前構えていた医院は、桧山和之進の栄達によって手狭となったために、すぐ近くの柴井《しばい》町《ちょう》に新たな家を見つけ、八重も共に移ったそうな。

こういう調べものは、諸家に顔が利く高宮松之丞の面目躍如というところで、

「爺ィ、大殿が目を丸くしていたよ……」

鷹之介がそのように労《ねぎら》ってやると、

「ははは、これしきのことなら、いつでもお命じくださりませ」

松之丞の寿命も少しは延びるというものだ。
鷹之介はさらに、
「八重殿は、未だに独り身でいるらしい。ははは、春太郎の見識は大したものだ」
その事実だけを告げて、書庫で武芸帖の整理を始めた。
掃除に託けて、そっと様子を窺っていたお光の表情が、ぱっと華やいでいた。
大八は、ひとつ咳払いすると、自分は武芸場へと出て、二刀流の型を一人で稽古した。
根川六之助に会いに行っているのであろうか、水軒三右衛門の姿はなかった。
桑原千蔵も書庫で、鷹之介と中田郡兵衛の手伝いをしている。
一人でいられるのはありがたかった。
これから長七郎の実態が見えてこよう。
彼の動き次第では、何と言われようが訪ねた上で向き合わねばなるまい。
教えてやれることがあれば、泊まり込んででも授けてやりたい。
悩みや揉めごとを抱えているなら、鷹之介に相談した上で、それを晴らしてやりたい。

勝負を挑まれたとすれば、黙って受けてやりたい。

それに命をかけるつもりであった。

となれば、

――八重に一目会って、無事を確かめ、改めてあの折の詫びを言わねばなるまい。

何もせぬままかつての弟子に向き合うたとて、心が乱れよう。

大八の心は揺れに揺れた。

ただ一目会って、二言三言交わせばよいだけではないかと思いつつ、気持ちが塞ぎ一歩前に踏み出せない。

大八にとっても、八重にとっても、愛娘《まなむすめ》・千代を失った痛手は余りにも大きかった。

会えばその痛手が、針地獄に落とされるがごとき心地となって体中を突き刺すであろう。

八重をその痛みに付合わせるのは、いかがなものか――。

その想いが大八の前に立ち塞がるのだ。

八重に対する気遣いは、そのまま別れた妻に残る恋情に繋がる。

――いや、それでも八重に会いに行かねばなるまい。

やがて根川六之助から水軒三右衛門にもたらされた、小谷長七郎についての噂が、大八に決心を固めさせることになる。

六

その日の昼下がり。

小谷長七郎は、いよいよ宮益町の浪宅を出て、ずしりとした足取りで、北へと向かった。

百人町《ひやくにんちょう》の通りを抜け、さらに四谷をすぎて、牛込《うしごめ》宮内《くない》少輔《しょうゆう》が天文《てんぶん》年間に建立したという、宗参寺《そうさんじ》へ出ると、武家屋敷街は少し落ち着く。

寺の北方には長閑な田園が広がり、その手前に何軒かの大きな武家屋敷が点在していて、長七郎は、その中の一軒に吸い込まれるように入っていった。

長七郎は、ここでも能面のように表情のない顔をしていて、静々と門の内へ消えていく様子は、能役者が橋懸《はしがか》りに去る風情を思わせる。

そこはどうやら、大身《たいしん》の旗本屋敷のようである。

既に何度か来ているのであろう。

門番は恭《うやうや》しく礼をして長七郎を請じ入れ、長屋門の内には、当家の家士が迎えに出ていた。

長七郎は軽く会釈をすると、屋敷の奥に進んだ。

羽織を着用し、小袖も袴も品のよい織物である。このまま当家の主の前に出るのであろうか。

そのまま玄関を通され、長七郎は、脇にある六畳ほどの書院へ勝手知ったる様子で入った。

「御用があればお呼びくださりませ」

案内した大小姓《おおごしょう》が、熱い茶を給仕すると去っていった。

長七郎は、ただ頷くだけである。

そして、一人になると熱い茶で体を温めて、しばし黙想した。

再び開いた目は、鋭い光を帯びていて、長七郎に厳しい緊張を与えた。

彼は革足袋に履き替え、おもむろに持参した風呂敷包みを開いた。

するとそこには、陣鉢巻と、鎖で編まれた小手当て、脛当てが入っていた。

それらをゆっくりと身に着け、襷《たすき》を十字に綾なすと、部屋の隅に置かれてあった、防具の胴をさらに小袖の上から着装した。

胴は腰に差す大小の邪魔にならぬ大きさになっている。

袴の股立《ももだち》をとり、すっくと立ち上がった長七郎の姿は勇ましく、表情を変えぬ顔には鬼気迫るものを覚える。

七つの鐘が聞こえた。

長七郎は、部屋の戸を開けると、廊下に控えていた大小姓に、

「いざ……」

低い声をかけた。

大小姓は畏まって、長七郎を廊下の奥へと誘う。

やがて廊下は大きな中庭へと出た。

中庭には白洲があり、その向こうに屋敷の武芸場が見える。

武芸場の濡れ縁に、今は毛氈《もうせん》が敷き詰められていて、そこに数人の男達が座っている。

中央にいるのが、当家の主であろう。

骨ばった顔は、なかなかにいかついもので、武芸自慢の様子が見てとれる。

左右に座っているのも、見るからに大身の武士で、着物の光沢や扇などの持ち物からは、当主の仲間内が微行でやって来ているのであろう。

中には刀を帯びぬ町人もいる。こちらは、武芸道楽の旦那衆といったところか。

長七郎は革足袋のまま白洲へ降りた。

すると、向こうの廊下からも、一人の武士が足袋裸足のまま白洲へと降りた。

長七郎とその武士は、まず恭しく武芸場の方へ向いて立礼をした。

当主らしき武士は、

「よい立合を頼む……」

と、にこやかに言葉をかけた。

それを合図に濡れ縁の階《きざはし》から、黒紋付の羽織袴姿の武士が、鉄棒を手に白洲へと降り立った。

この武士はどうやら立合の審判を務めるようである。

小谷長七郎が、何者かは知らねど貴人達の前で、これから審判を挟んで向かい合う相手と立合をするのは明らかだ。
審判の武士も、相手の武士も、筋骨隆々たる体をしているのがわかる。
何らかの御前仕合であろうか。
となれば、ここで仕合をする小谷長七郎は、かなりの栄誉を手にしているといえよう。
とはいえ、冬の日暮れに行われんとしている仕合には、背徳の匂いがする。
白洲の四隅には篝火《かがりび》が一斉にたかれた。
ゆらゆらとうごめく明かりは、その妖しさを高め、見ている者の血を騒がせる。
「存分に立合われよ。いざとなれば、某にお任せあれ」
審判の武士が、二人の武士を交互に見て低い声で告げた。
長七郎は相手と互いに見合い、しっかりと礼を交わした後、間合をとって対峙した。
「始め！」
審判の野太い声が響いた。
相対する武士は互いに抜刀する。

相手の武士は、すらりと太刀を抜くと八双《はっそう》に構えた。

同時に長七郎は二刀を同時に抜き放つ。

「おおッ……」

見物の席から吐息が洩れた。

大小二刀が抜かれ、これをゆったりと下段に構えた長七郎の動きは、見慣れぬ者にとっては実に神秘に映るのであろう。

それにしても――。

長七郎は、真剣勝負に臨んでいる。

両小手、脛に鎖の防具、頭に陣鉢巻、胴も着用しているが、互いの攻めは真剣なのである。

これはただごとではない。

審判は、敗者の命を守るべく、鉄棒を手に見守っているに違いなかろうが、この仕合は何ゆえに執り行われているものか。

武芸に生きる者同士、互いに引くに引けぬ意地がぶつかり合っての果し合いなのか、それとも当家の主に望まれての仕合に過ぎぬのか、そうであれば危険極まりない催事であろう。

相手の武士が、じりじりと間を詰めつつ、長七郎の右へと回り込んだ。

ぐっと右へ回り込み、そこから攻めれば、長七郎の左手の小刀は短かいだけに遣いにくくなる。

そうなれば、大刀だけを見切ればよいので、攻め易くなる。そのように考えての動きである。

長七郎は、相手の動きに合わせながら、ゆったりと体を捌く。二刀は下段に構えたままである。

有構無構――かまえあってかまえなし。

いざ斬り合いとなった時、そこに決まった構えなどない。いかにして戦いを制し、相手を斬るか。それだけを考えれば、自ずと構えは刀を振りやすい位置に定まるはずだ。

二天一流の教えである。

真剣をもって相手と対するのであれば、何かに縋りたくなる。

型稽古において会得した構えをすることで、気を落ち着かせんとしたくなるが、長七郎は教えを守り通している。

相手は八双から平青眼《ひらせいがん》へと構えを変え、ぐっと太刀を持ち上げるようにして、長七郎の右目付に動かした。

長七郎の出方を探っているのは明らかだ。

それでも長七郎は泰然自若として、だらりと両刀を下げたままだ。

「ええいッ！」

相手が前へ出て、長七郎の右腕に一刀を放った。

長七郎は右手の大刀を担ぐようにして腕に這わせつつ、すっと身を引いた。

静かだが実に素早い動きであった。

相手の刀は空を斬る。

その刹那、長七郎の大刀は、ぐっと伸びて相手の右肩を襲った。

相手もこれを下から太刀で撥ね上げてかわしたが、今度は長七郎の小刀が絡みつくように相手の左腕に迫る。

僅かに届かなかったが、相手の体勢が崩れた。すると長七郎は、下から撥ね上げられ、そのまま上段に構えていた大刀を振り下ろし、相手の太刀を下へと叩き落さんとした。

相手もさる者で、その瞬間に手の内を和らげ、衝撃で腕が痺れぬようにして、すっと刀を構え直した。

しかし長七郎は、振り下ろした大刀で、今度は相手の太刀を下から撥ね上げた。目の覚めるような片手技の連続である。

ぶつかり合う刀から、二度、三度と火花が散った。

「やあッ！」

相手の手許が浮いたところへ、長七郎は裂帛《れっぱく》の気合もろともに、大刀で体を防ぎつつ、小刀で小手を打った。

これは見事に決まったが、相手もまた小手には鎖で編んだ手甲を着けているゆえ、血は飛ばなかった。

それでも、右小手をしたたかに打たれては相手も刀を持つのがやっとになる。

「えいッ！」

そこへ、長七郎が大刀による手練の一撃を打ち込んだ。

見物の衆は、思わず腰を浮かした。目を瞑《つむ》ってしまう者もいる。

長七郎の大刀は、今にも相手を左肩から袈裟《けさ》にバッサリと斬り裂こうとしていた。

「それまで！」

しかし彼の大刀は、審判が咄嗟《とっさ》に差し出した鉄棒によって受け止められた。

仕合場に大きな溜息が洩れた。

勝利を手にしたのは、もちろん長七郎であった。

敗者は潔くその場を下がり、納刀すると無念の表情で一礼をした後、屋敷の家人に伴われて庭から立ち去った。

長七郎もゆっくりと両刀を納め、濡れ縁で観戦していた当主らしき貴人に深々と一礼をした。

「小谷長七郎、いつもながら見事な二刀流じゃのう」

貴人は、満足そうな表情を浮かべて勝利者を称えたのである。

立居振舞《たちいふるまい》は涼やかではあるが、長七郎の顔には表情がなく、ここでもやはり能面そのものであった。

七

「色々とお手間をとらせてしまいましたな……」

水軒三右衛門が頭を下げた。

「何の、こちらこそ過分なるお心遣いを頂戴しまして、恐縮しておりまする」

根川六之助が、満面に笑みを湛《たた》えた。

先日の心付の三両が、無役の御家人にとっては、随分とありがたかったようだ。

根川は一別以来素早く動いて、この日は三右衛門に小谷長七郎についての情報をもたらしていた。

「四十前で二刀流の刀法に凝り固まった者がいる、その噂でござるが、やはり小谷長七郎殿のことでござりましたぞ」

根川は嬉しそうな表情で告げた。

「左様でござったか」

さすがに三右衛門も、興奮を禁じえなかった。

「小谷長七郎には、どうも謎が多うござるが、いったい何をもって方便を立てているのでござる？」

「さて、そこのところが、確と知れませぬ……」

小谷長七郎は、時折、小体な道場を訪ね、二刀流の型稽古に付合ってもらいたいと願い出ているらしい。

それは先日訪ねた、善光寺門前の老師が開く道場のようなところばかりで、二刀流に対しての見識があり、型稽古に長けた師範に限られているらしい。

時には自らが型を披露してから、

「このように受けてはいただけませぬかな」

と、注文をつけたりもするそうだが、その技はなかなか理に叶っていて、師範達は、

「いやいや、珍しいものを見せていただいた。我らとて、二刀流に触れることはあまりないゆえに、よい稽古となり申した」

稽古を終えると口を揃えてそのようにありがたがり、長七郎が謝礼を出そうとすると、

「そのようなものを頂くわけには参らぬ。それよりも、また稽古をしに来てくださ
れ」
そう言って受け取ろうとはしなかった。
しかし、長七郎は同じところを重ねて訪ねるのは浪宅近くの件の道場だけで、ほ
とんどが半年後にふらりと訪ねてくることはあっても、続けて行こうとはしない。
馴染みの道場を作る気はないようだ。
それでも、二刀流の男が方々の道場に現れるとなれば、噂にもなる。
少しずつではあるが、彼の名は口伝《くちづ》てに知られるようになっていったのである。
「う〜む……。名を知られるようになったとはいえ、人交じわりをせぬとなれば、
彼の者が何で方便を立てているかなどは知る由もないか……」
長七郎は一時亡父に倣って金貸しをしていたようだが、儀兵衛の調べでは、今は
もうそのような内職をしている様子は窺われないという。
「しかし、それについて、気になることがひとつござる」
ここで根川は声を潜めた。
二人は先日と同じ芝愛宕下の居酒屋で一杯やりながら話していたのだが、この日

は客の出入りが激しかった。

「気になること？」

「どうも小谷長七郎殿は、剣崎《けんざき》様の屋敷に出入りしているようでござるな」

「剣崎様……？　剣崎主殿頭《とのものかみ》様のことでござるか？」

「いかにも」

「なるほど……」

「水軒先生は、あの噂を御存知で？」

「大よそのところは……」

三右衛門は腕組みをして、少しばかり唸ってから、

「闇仕合、でござるな」

根川は神妙な面持ちで頷いた。

「噂はやはり真でござろうか」

「某にはようわかりませぬが、恐らく真実ではないかと」

闇仕合というのは、見世物として密かに行われる剣客同士の真剣勝負のことである。

審判が入るので、何れかが死ぬまで立合うものではない。

だが、真剣を抜き合っての仕合であるから迫力満点で、見ている方は大いに興奮する。

死に至るまでもないが、時には血が飛び散り、腕のひとつも斬り落される凄絶な仕合もあるという。

剣術好きの大身の武士が密かに集まり、これを観戦する。

勝敗を巡って、賭けが行われるとも言われている。

初めのうちは、袋竹刀や木太刀で立合っていたらしいが、そのうちに物好き達はそれでは物足りなくなり、真剣での仕合を求めるようになったようだ。

これを発案し、取り仕切っているのが、剣崎主殿頭であると言われている。

剣崎は六千石の交代寄合《こうたいよりあい》で、徳川譜代《ふだい》の士として、大名並の扱いを受けている。

武勇に長じた家系として、代々の当主は武芸を修め、兵法者達の庇護者としても知られていた。

当代・主殿頭も、一刀流を極め、槍は大島《おおしま》流、柔術は楊心《ようしん》流に学んだ。

「六千石の主より、一人の武芸者として死にたかったものよ……」

それが口癖であり、三右衛門も一度、剣崎邸の武芸場に、柳生新陰流の演武に招かれたことがあった。

しかし、代々の当主と違っているところは、真剣をもって立合わねば、剣術の極意には近付けないという過激なものの考え方であった。

武芸者として死にたかったと言うくらいであるから、大身の旗本の殿様でいることの退屈が時に爆発するのである。

首斬り役人の山田朝右衛門《やまだあさえもん》を屋敷に招き、人の斬り方を学んだりもした。山田家は首斬りの遺体を拝領する権利を持っているため、これを使い主殿頭は、何度も試し斬りをしたという。

そのような日々を送るうち、闇仕合なる催しを思いついたらしい。

毎度屋敷で人が死ねば、いくら旗本家の屋敷内は治外法権とはいえ、何かと面倒もついて回る。

武芸奨励には大いに理解のある将軍・家斉は、剣崎家を厚く遇してきたが、慈悲深き将軍が、それを知れば、さすがにお咎めを受けかねない。

それゆえ、いざとなれば審判が割って入る仕合の形式を考えついたところ、これが招いた客達からの評判もよく、密かな人気を博した。

剣崎主殿頭は頑強の人ではあるが、彼を慕う旗本は多い。

物好きな札差《ふださし》達も、よく剣崎屋敷に出入りしているというから、彼の武芸道楽もそれなりの成果を出しているというべきか。

主殿頭は、闇仕合に関わった者には厳しく口止めをしていたが、このような催しは、どこからか噂となって人の口に上るものだ。

公儀から、それについての問い合わせもあったようだが、

「当家の屋敷内で、いかなる仕合が行われたとしても、それはみな武芸奨励のためでござる。誰も迷惑を蒙る者はないと存ずるが……」

と、応えられると、誰もそれ以上は言えなかった。

確かに誰にも迷惑はかかっていなかった。

白熱した仕合を観たい者がいて、それに出るという武芸者がいる。

勝者にも敗者にも褒賞《ほうしよう》が与えられるので、浪人武芸者の救済にもなっているのだ。

仕合に危険は付き物であるが、そもそも武芸者たる者は生死の境に身を置くのが

本分なのだ。

これをどうこう言うのは、腰抜けの讒言《ざんげん》に過ぎず、甚だ不愉快であると主殿頭が憤る姿には実に威風が漂い、近寄り難い恐ろしさを秘めている。

わざわざそれについての是非を問うのも面倒なことで、今では誰も口にしなくなっていた。

「さりながら、小手と脛と胴に防具を着け、武芸に勝れた立合人を立て、真剣にて立合うというのは、どうやら本当のようでござる」

根川はそのように言い切った。

「なるほど、闇仕合は金になる。それに出ていれば、内職など何もせずとも、立派に暮らしていけましょう」

三右衛門は大きく頷いた。

闇仕合の噂は聞いていたが、小谷長七郎とそれがすぐに結びつかなかったのだ。

「二刀流を遣う者は珍しゅうござる。その上に、仕合では大小二振の刀を動かすと、見映えがよろしゅうござるゆえ、小谷長七郎殿の仕合は人気があるのかもしれませぬな」

「長七郎にとっても、方便は立てられるし、二刀流の実力を知らしめられる。真剣勝負を積むことで、宮本武蔵の境地にも一歩ずつ近付いていけると思うたのでござろう」

「某もそのようにお察し申しまする」

根川が相槌を打った。

「思えば大したものでござるな」

三右衛門は思い入れをした。

小谷長七郎が闇仕合に出ているのは、一度や二度ではなかろう。

仕合を望む剣客は、暮らしに窮して一、二度引き受けて金を稼がんとするだけで、何度も仕合に臨む者はないはずだ。

恐らく長七郎は金が目当てで仕合に出ているわけではないと思われる。

二刀流が人に受け入れられ、その強さを実証してみせるために、彼は闇仕合の王者たらんとしているに違いない。

だが、仕合には毎回死がつきまとう。

その恐怖を抑え、戦いに生きる――。

実に見上げた精神力だと、三右衛門は感心せずにはいられなかった。

八

水軒三右衛門が、根川六之助から得た情報を、武芸帖編纂所に持ち帰った翌日。

松岡大八は、芝柴井町に出かけた。

小谷長七郎は、思った以上に〝闇〟を抱えている。

今さら師匠面をするつもりはないが、彼がいつ命を落すやもしれぬ状況にあると窺い知れた上は、すぐにでも会って、せめて長七郎がいかなる道を歩まんとしているのか、確かめておきたかった。

そうなると、まず果しておかねばならないのが、離縁した妻・八重との再会であった。

――このような日がくるとは、思いもよらなんだ。

大八は、つくづくと人の世の不思議を覚えていた。

十三年前に別れた時は、もう二度と会うこともあるまいと強く思った。

その後も、つい先頃までは忘れてしまおうと心に言い聞かせていたはずだ。それがどう風が変わったか、今自分は八重に会わんとして、赤坂から芝へと向かっている。

――二刀流だ。

苦笑いであった。

新宮鷹之介の人柄に魅せられて、武芸帖編纂所に来た時は、何も考えていなかった。

しかし、ここで暮らすうちに、いつか二刀流について編纂せねばならぬ時もくるだろうと、気にはなっていた。

二刀流には個人的に思うところがあり、二天一流に辿り着けぬままに四十半ばに至った己が不甲斐なさの傷が、心の内で疼いてもいた。

そしていよいよ二刀流を編纂所で扱うことになった。

――二刀流はお前に任す。二刀流についてあれこれ考えるにあたっては、昔の自分に向き合うてこそのものだ……、あれは誰が言った。三右衛門の奴か。そもそもこ度のことは頭取のお節介か。

道中、大八の頭の中には愚にもつかぬ考えが巡る。

編纂所を出る時の皆の顔が、脳裏にこびり付いている。

鷹之介始め、所内の者達は、大八が芝へ出かけると言うと、誰もが鼻をふくらませ、

「余計なことは言うまい。ニヤニヤ笑ったりはすまい」

そんな想いを無理に抑えているのがよくわかる顔付きとなり、

「ごゆるりと……」

などと澄ました物言いで送り出してくれたものだ。

その様子から見ると、大八がどんな顔をして帰って来るのかが、心配で仕方がないらしい。

――たかが女一人に会いに行くだけではないか。

離縁したのは自分なのだ。会ったとていまさら八重にふられることもないのである。

しかし、そう考えている自分が、やはり誰よりも緊張していた。

――さて、八重に会えば、おれは何と言えばよかったのかな……。

深川で春太郎に言われたことを反芻しながら、溜池《ためいけ》沿いの桐畑《きりばたけ》と呼ばれる道を進むと、もう芝は目と鼻の先だ。

武家屋敷街を抜けると、東海道筋《とうかいどうすじ》に出る。

町屋に挟まれた大通りを南へ少し歩くと、そこが柴井町である。

東に切れる通りを入ったところに、桧山和之進が開いている医院はあるという。

薬臭いところであるから、周囲は空地と木立ちに囲まれた町角に立つ、一軒家を選んだそうな。

そこはすぐにわかった。

さらしを巻いている者、杖に縋って歩く者達が何人も出たり入ったりしている家が目についた。

かつては、何かの問屋であったのだろうか、患者が出入りする度に開く引き戸の向こうに広い土間が見えた。

中には幾つかの床几《しょうぎ》が置かれていて、町の者達が、怪我や病をものともせず、陽気に笑い声をたてている。

土間の向こうに診療部屋があるのだが、療治が終る度に、桧山和之進が出て来て、患者達に軽口を言っては笑わせているのだ。

和之進も四十を過ぎて、すっかりと名医の風格が出ていた。

経過を見るだけの怪我人などは、土間に出て次々と見廻り、

「お前は手遅れだと思ったが、すっかりようなったな。もう来なくてよい！」

などと言って肩を叩いて終らせた。

医院に近づくと、そんな様子が格子窓からよく見えた。

和之進を手伝いながら、弟子と見られる若い医師が忙しく動き回り、それを助けるように患者の間を廻っている女が二人――。

和之進の妻女・留衣と、その姉・八重である。

噂通り、八重は義弟の医院を手伝い、忙しそうにしていた。

患者達との話しぶりを窺うと、彼女がいかに好かれ、頼りにされているかがよくわかる。

もう四十に手が届こうかという八重であるが、忙しくとも今は暮らしぶりが充実しているのであろう。

別れた頃よりも尚、瑞々《みずみず》しく映った。

整った目鼻立ちも、角が取れた分だけ、たおやかさを増している。

大八は気後れがした。

気取った姿で会いに行くのも恥ずかしくて、今日の松岡大八は、きっちりと羽織は着ているものの、小袖も袴も地味な色合いで、いかにも武骨な剣客といったところだ。

出がけにお光は、大八の装いを見て何か言いたげであったが、一言も口にしなかった。

「余計なことは言うまい……」

と、黙っていたのであろう。

「こんな形《なり》でよいかな？」

と、訊ねておけばよかったと悔やまれる。

やがて和之進が診察部屋へと入った。

――戸を開けて中へ入って、まず一声かけねばなるまい。

そう思うのだが、八重の姿を垣間見た衝撃が、大八の体をその場に縛りつけていた。

そのまま立ち去りたい気分に襲われた。

高熱を出しながら、

「どじょう、とれませんでした……」

哀しそうに言った千代の顔が浮かんだ。

千代が息を引き取った時の、八重の悲しさを通り越して、絶望に取り乱した形相。

「千代はあなたに殺されたようなものです」

大八の胸を突き刺した言葉。

それらが次々と蘇って、大八を責め苛んだ。

――いや、いつまでも昔から逃げていてはなるまい。

ぐっと思い入れをして、格子窓から離れようとした時であった。

窓の向こうに立っている大兵の武士が気になったのであろう。留衣が大八の姿に気付いた。

留衣でよかった。いきなり八重と顔を合わせていたら、逃げ出していたかもしれなかった。

大八は覚悟を決めて、義妹であった女《ひと》に深々と頭を下げた。

留衣は、はっとした表情で大八を見たが、すぐにひとつ会釈を返すと、そこにいてくれるようにと目で告げた。

留衣とはさほど話したこともなかったが、彼女はひたすらにやさしい女で、精進を重ねているのに暮らし向きが立たない大八を気の毒がってくれたものである。

貧しい者達のために、自らも清貧を貫いてきた夫・桧山和之進と相通ずるところがあると思っていたようだ。

留衣が大八の視界から消えてほどなくしてから、医院の出入り口の戸がゆっくりと開かれた。

「お久しぶりでございます……」

八重が姿を現して、静かに頭を下げた。

「いや、忙しいところをすまなんだ。桧山殿が御出世をなされ、そなたもここで励んでいると聞いて、まず祝着《しゅうちゃく》のことと思うてな」

大八はしどろもどろになりつつ、まずそう言うと、手土産の干菓子を手渡した。

「それでお訪ねくだされたのですか。忝うございます」

八重は素直に干菓子を受け取り、礼を言ったが、伏し目がちで医院にいた時の朗らかさはすっかりと影を潜めていた。

九

それから松岡大八と八重は、増上寺《ぞうじょうじ》の堀端へと出た。

図体のでかい武士が、医院の表で何やら深刻な顔をして八重と話している姿を、医院に出入りしている者が見たら何ごとかと思うであろう。

それゆえ大八は、

「少し歩かぬか」

と、場を移したのである。

八重は黙ってついて来た。

留衣に説得されて表へ出て来たのかと思ったが、そうでもないようであった。

八重の方が大八よりも落ち着いていたし、立居振舞もしっかりとしていた。

ただ、口数は少なかった。

当然であろう。十三年ぶりに会うのである。しかも、今目の前にいる男とは、苦労を共にし子まで生し、そして離縁された因縁があるのだ。

何を話せばよいというのだ。

大八はまず、自分の今の境遇を手短かに語り、決して迷惑なことを話しに来たのではないと、わかってもらおうとした。

武芸帖編纂所に、編纂方として勤めていると聞いて、

「それはよろしゅうございました。あなたにはお似合いのお役目かと存じます」

八重はほっとした表情を浮かべてくれた。

「うむ、できうれば、ここに骨を埋め、消えていった武芸を弔いたいと思うのだ」

「消えた武芸を弔う……」

この時ばかりは八重も口許を綻ばせた。いかにも大八らしい物の言い方だと思ったのであろう。

「無論、千代のこともな……」

そして大八のこの言葉で、すぐに表情が曇った。

「千代を、どのように弔っているのです?」

「どのように……。うむ、忘れず毎日、いやいつの時でも、千代と暮らしたすべて

を思い出す。それがおれの弔いだ」

「そうですか……」

八重はそのまま沈黙した。

あなたにどれだけ、千代と暮らした思い出があるというのですか――。

そんな言葉が口をつきそうで、彼女は恐かったのである。

大八はいらぬことを言ったかと、八重の表情を読んで悔いた。

そして、すぐに今日の本題に入らんとして、二年前に桧山和之進が、不当な嫌がらせを受け、八重も大変な想いをしたことであろうと労り、

「そんなことがあったとは知らず、何の役にも立たなんだ自分が不甲斐のうてな。今日はその見舞いと詫びに来たのだ」

と、一気に告げた。

「左様でございましたか、不縁なされた妻のことでございます。お気遣いいただいただけで、ありがたく思っております」

八重は殊勝《しゆしよう》な面持ちで畏まってみせた。

大八が近頃になって、八重のその後を気にかけていたことが意外であった。

過去は忘れてしまいたいと思ったであろうに、それを調べてわざわざ詫びに来るなど、どのような心境の変化が起こったのか、八重にとっては薄気味が悪い。

「ただひとつだけ、伝えておきたかったのは、桑原千蔵のことだ」

大八は、話すうちに落ち着いてきて、千蔵の話を始めた。

八重はさすがに驚いた。

あの折の嫌がらせに対して、色々な人の助けがあり、遂には町方役人がそれを抑えてくれたと聞いていたが、

「あの千蔵殿にそのような頼みごとがいっていたとは知りませなんだ……」

しかも、その一件で千蔵は怪我を負い、すっかりと落ちぶれてしまったとは――。

「それを黙っているのも、あの御方らしゅうございますね」

八重もこれには心打たれたが、

「でもわたしは、そのような人助けの仕方は好きではありません」

目を伏せるようにして言った。

「余計なお節介だと言うのか」

「ありがたく思います。立派だとも思います。ですが、それによって千蔵殿が不幸

せになったというのであれば、よかったではすまされぬではありませんか」

「確かにそうだ。だが、この先はおれが千蔵を不幸せにはせぬ」

「あなたが……」

「本来ならば、おれがいたさねばならなかったことを、千蔵が代わりにしてくれたのだ。奴もそなたにありがたがられようと思ってしたことではない。気に入らねば、それはおれのせいだ。許してくれ……」

「許す許さぬの話ではございません。話を聞いた上は、わたくし共も千蔵殿にお礼をいたさねばなりません」

「余計なお節介は、おれの方だったたな」

大八は口ごもった。

千蔵がしたことは彼の勝手であり、黙ってしたことなら、彼の意思を尊重して黙っているべきであった。

しかし、大八は千蔵の話をせずにはいられなかった。それは八重にはわかってやってもらいたかったという、複雑な胸中が言わせたのだが、己が想いを上手に言い表せるほど大八は器用ではない。

「知らぬ間柄ではなし、千蔵殿はどうしてその時、わたしに一声かけてくださらなかったのです。わたしには、それがわかりませぬ」

八重は思わず感情を顕わにした。

夫婦でいた頃も、大八が何を考えているのか理解し難いことが多かった。

武骨、朴訥、道一筋……、そんな言葉では納得出来ぬ苛立ちに、何度苦しめられたことか。

その想いが溢れ出たのである。

大八は完全に言葉に詰った。

やはり、あの時の辛い別れによって生じた男女の心の溝は、容易く埋められるものではなかったのだ。

黙って頭を下げて別れよう、そう思い立った時、

「八重殿でござるかな……」

二人の背後から声がした。

「頭取……」

声の主は新宮鷹之介であった。

「公儀武芸帖編纂所頭取・新宮鷹之介でござる。噂は予々大八先生から伺うておりまするぞ。貧しき人々のために、診療所で日々忙しゅうされているとか。感じ入るばかりにござる……」

藍《あい》色の羽織に、浅葱《あさぎ》色の小袖、袴は鉄紺《てつこん》色。

若党の原口鉄太郎、中間の平助を供に従えるその姿は、目の覚めるような若殿ぶりである。

爽やかな風が吹き、その場の気まずさはたちまち和んだ。

「八重でござりまする……」

大八から堀端に来るまで話には聞いたが、頭取がこのような律々《りり》しい若武者とは思いもよらず、八重はすっかりと気圧されてしまった。

「そのようなお言葉、畏れ多うござりまする」

鷹之介は、人をとろけさせるような笑みを浮かべ、

「邪魔をいたしましたな、ちと先生に用があり、ここではないかと」

大八は、込み上がる感動を堪えて、

「これは御足労いただき、申し訳ござりませぬ」

と、畏まってみせた。

鷹之介は心配で、そっと様子を見に来てくれたのだ。そして帰るきっかけを与えてくれようとしている。

そっと二人の様子を見ていて、最早大八に語る言葉が尽きたと判断したのに違いない。

それと共に、松岡大八の今の身分を、自分が出向くことできっちりと証明してやろうと気遣ったのだ。

何とありがたいお節介であろうか。

「今日はこれにて連れて帰りますぞ」

鷹之介は大八を促すと、

「話し足りぬことは、また後日に」

と、八重に告げた。

「いえ、もう話すことはございません」

八重は首を横に振った。

「左様か、ならばちょうどよかった。さりながら八重殿、仇同士でもあるまい。今の大八先生は頼りになる御仁じゃ。何かあれば、相談をいたさばよろしかろう」

鷹之介は、頑な態度を見せる八重を窘《たしな》めるように言った。

何があったかは知らないが、大八はこうして男らしく昔の自分に向かい合い、己が非を認め詫びているのだ。それをきっぱりとはねつけることもなかろう――。

鷹之介は何があっても、大八の味方なのである。

八重は恭しく腰を折って、

「仰せの通りかと存じますが、〝落花枝に上り難し〟と申します。今さら何を相談できましょう」

消え入るような声で応えた。

「なるほど、〝落花枝に上り難し〟か。されど、花は散り落ちても、日が経てばまた新たな花を咲かせるものだ」

鷹之介は穏やかな表情で八重に頷くと、

「それと、最前あなたは、桑原千蔵が何ゆえ八重殿に一声かけてから動かなかったか、それがわからぬと申されていたが、わたしにはよくわかる。松岡大八ならば、きっと黙ってことに及んだであろうと、桑原千蔵はわかっていたからでござる。男とは、師弟とは、そのようなものだ。ははは、と申しても、わかってはもらえぬであろうな……」

高らかに笑って、大八を連れて、鉄太郎、平助を供にその場から立ち去った。

鷹之介の言葉が響いたかどうかはわからぬ。

しかし八重は一行を見送ると、

「あのお方も立派にお成りに……。まず何よりです……」

そう呟いて、しばし堀の水面を見つめると、しっかりとした足取りで、彼女もまた立ち去った。

分別くさい顔をしていた大八は、歩くにつれて足取りが軽くなっていった。

「大殿、まさか八重殿が、〝久しゅうございます。お会いしとうございました〟などと言って懐かしがってくれると思うていたわけでもあるまい」

と、鷹之介が笑ってくれたので、一気に呪縛が解けたのである。

「まさかそのような……。ははは、殴られなんだだけようござりました」

「己が昔と向き合うというのも、大変だ……」

「頭取も今のうちから気をつけた方がようござりまするぞ」

「ははは、それは後になって思うことでは？」

「いかにも。左様でござった。某にも昔、泣かせた妻がいたということでございまする」

「これで心おきなく、小谷長七郎との決着を付けられますな」

「はい……」

「さて、よいように埒が明けばよいが……」

「頭取……」

「うむ？」

「改めて申し上げまするが……、頭取と出会うたればこそ、昔の自分に向き合えました。真にもってありがたく……、いや、泣いてなどおりませぬぞ。これしきのことくらいで泣きませせぬ……。泣きませぬぞ……」

第四章　別れの決闘

一

そのむくつけき男達は、根津の妓楼に小さな群れをつくっていた。

浪人が六人。女達を侍《はべ》らせながら、酒を飲み、駄弁を弄する。

かつて戦国の世には、このような野武士の集団が方々に見られたのであろうと思わせる、絵に描いたような荒武者の宴である。

首領らしき武士は四十絡みで、有田祐之助《ありたゆうのすけ》という名であるようだ。

がっしりとした体軀。双眸はぎらりと光り、彼が武芸の腕ひとつで生きてきたのを物語っている。

腕がどれだけ立ったとて、浪人が新たな禄にありつける時世ではない。

武芸に勝れているからとて、容易く己が稽古場を持てるわけでもない。

かつての松岡大八しかり、師範になるには強さだけではなく、それなりの頭のよさや、世渡りが求められるのだ。なかなかまっとうに生きていくのは難しい。

武芸に秀でているのに武士が世に出ていけない。

この皮肉は彼らを自棄《やけ》にさせる。

「生きていたとて詮なきことなら、命の切り売りをいたさん……」

世間の裏側にはびこる暴力の中に身を投じ、割の好い稼ぎを得て、刹那的に享楽を求めて日々を過ごす。

今日一日を生きていればそれだけで儲けものなのだ。

有田祐之助達も、定めてその類いであろうか。

しかし、愚にもつかぬ話が武芸談義に変わると、六人はたちまち律々しくなる。

だらしなく、己が体に引き寄せていた女の化粧の匂いを嫌うように遠ざけて、

「いや、おれはそのような剣の遣い方は、気に入らぬ」

「気に入る気に入らぬで人は斬れぬよ」

「その場にならぬとわからぬということか」

「稽古と真剣勝負は、まるで違うと言っているのだ」

「そんなことは、ここの誰もが知っている」

「何人、斬ったと思っているのだ」

「ふふふ、構えあって、構えなしか……」

「ははは、それは二天一流ではないか」

と、このような様子だ。

祐之助を筆頭に、浪人達は剣術に対して、それぞれが一家言を持っている。

しかも、ただの知ったかぶりではなく、刃の下を潜りつつ、彼らが未だに剣の向上を目指しているのが話からわかる。

そして、副長格の兵藤滋蔵《ひょうどうしげぞう》が発した、

「二天一流」

という言葉に、祐之助は食い付いた。

「二天一流……。所詮はまやかしよ。それを確とこの目で見届けてやる」

彼は、女達に一旦下がるように顎《あご》をしゃくると、盃を干して、

「おのれ、小谷長七郎め、……」

吐き捨てるように言った。

すっかりと目は血走り、鬼の形相となった祐之助に、他の五人は沈黙するしかなかった。

それほどに、有田祐之助の面構えと物腰、虎のごとき低く太い声には凄みがある。

しばし重苦しい空気がその場に漂ったが、

「して、小谷長七郎をいかにして討ち果すつもりなのだ？」

やがて滋蔵が口を開いた。

「知れたことよ。まず奴に果し状を突きつけてやる」

「それはよいが、真剣勝負となれば、奴の腕は侮れぬ」

「おれが後れをとるとでも……？」

「そうは思わぬが、念には念を入れねばなるまい」

「ふッ、それももう考えてある」

「何かよい策はあるのか？」

「ある。奴の宮本武蔵狂いを逆手にとってやるのだ」

「それはおもしろそうな……」

「皆にも手伝ってもらいたい」

祐之助は残忍な笑みを浮かべた。

他の五人も薄笑いを浮かべて、一斉に身を乗り出した。

真剣勝負に生きる者の宿命であろうか。

どのような因縁があるのかは知らねど、小谷長七郎の身には確実に危機が迫っている——。

二

一方、小谷長七郎はというと——。

旗本・剣崎主殿頭の屋敷を訪れていた。

長七郎の浪宅に、かつての師・松岡大八が姿を見せてから、半月が経った冬晴れの朝のことである。

こざっぱりとした羽織、袴に身を包み、主殿頭の中奥の居室に通された彼は、御前に出て、小半刻《こはんとき》ばかり言葉を交わし、恭しく平伏して退座した。

それからは、武芸場に出て、当家の剣術指南役を務める、布良門蔵《めらもんぞう》と対面した。

門蔵は四十半ばの武芸者で、剣術は諸流に学び、槍術、棒術の名手として知られている。

そして、この武士こそが剣崎邸で行われている〝闇仕合〟の審判を務める者であった。

武芸好きで、真剣による立合を邸内で催すことを考えついた主殿頭の意に従い、これに出る剣士を探し歩いた門蔵は、小谷長七郎を見出した。

二刀流にとり憑かれた男がいるとの噂を聞きつけ訪ねてみると、

「今時このような男がいるとは……」

何としてでも二刀を遣いこなせるようにと、腕の力を鍛え、宮本武蔵のように、二刀を揮いつつ、決闘場を駆け回るだけの体力を付けんと野駆けに励む姿に触れ、心を打たれたのであった。

剣崎邸内での仕合には、方々から武芸好きの貴人を招く運びとなっていた。

そうなれば、そこにけれん味もまた求められよう。

二刀流の剣士の登場は、その場を華やかにするに違いない。

彼はすぐに長七郎を仕合に誘った。

話を聞けば、金貸しの真似ごとのようなことで細々と方便を立てているという。

「それならば仕合に出て、その仕度金をもらえばよろしい」

一仕合につき、勝てば十両、負けても五両が出る。

その金があれば、心おきなく修行に打ち込めるというものだ。

門蔵は、切々と仕合に出る理を説いた。

だが、その言葉が終らぬうちに、

「是非にもお願いしとうござりまする」

長七郎は、あっさりと門蔵の誘いを受けたものだ。

何よりも己が腕のほどを試すよい機会になる。

「この上もない立合でござりまする」

生死をかけた真剣勝負は、自分にとっても実になると、長七郎は応えたのだ。

金よりもまず、審判がいる中で、存分に真剣勝負が出来ることに魅力を覚えた長七郎を、門蔵はすっかりと気に入った。

言葉少なで無表情な男だが、門蔵にはそれが、長い間にわたって孤高に生き、己が目指す道を求めてきた者ならではの人となりであると思えた。

「ただ、このような仕合をすると、色々な因縁にとり憑かれてしまうこともある。勝ち続ければ思わぬ恨みを買うものだ。それをよう心得ねばなりませぬぞ」

このような剣術修行は邪道であり、己が術を金で売り渡す卑劣なものだと、非難を受けかねない。

もちろん、剣崎主殿頭はこの仕合を、大っぴらにするつもりはない。

しかし、人の噂というものは、どこでどう広まるかもしれないのだ。

後ろ指をさされるようなことになれば、江戸の正統な剣術界からは、外へはじき出されるであろう。

二天一流を受け継ぐ剣客達からも睨まれるような事態になれば、小谷長七郎の剣客としての将来に暗雲が立ちこめよう。

「その覚悟がのうては、この仕合に出てはならぬと存ずる」

門蔵は長七郎を気に入ったからこそ、予めそのように伝え、彼の意思を確かめたのである。

これに対して長七郎は、

「そのような批判を言い立てる者は、定めて剣術を、歌舞音曲《かぶおんぎょく》の稽古ごとと同じに考えている腰抜けでござりましょう。某はただ己が信ずる道を行くだけにござりまする」

と、言下に応えた。

――ますますおもしろい。

門蔵は、小谷長七郎を〝闇仕合〟に出すことに決めたが、まず粗削りである長七郎の二刀流を仕合映えさせるべく、剣崎邸の武芸場へ連れていき、徹底的に指南をした。

木太刀、真剣での型稽古に加えて、竹刀二振と防具着用による実戦的な立合も取り入れた。

長七郎は、師・松岡大八と別れて以来、練達の士相手に二刀流をもって立合う機会がなかった。

剣術師範の多くは、立合い慣れぬ二刀との地稽古を嫌がった。

慣れぬ術を遣う相手と対すると、時として打ち込まれたりもするので、己が立場がなくなるからだ。

ゆえに門蔵との稽古は、たちまち長七郎の実になった。

布良門蔵自身が、若い頃からいかにすれば真剣勝負を制することが出来るかに稽古の主眼を置いてきたので、師範達からは煙たがられた過去を持っていた。

長七郎の二刀流を鍛えあげて、〝闇仕合〟に送り込む役目が、彼にとっても大きな楽しみとなったのである。

そして長七郎は、布良門蔵が見つけてきた他の剣士との真剣勝負に臨んできた。

結果は先頃の仕合まで、五戦して負け知らずとなった。

謂わば門蔵は、ただの審判ではなく真剣勝負においての長七郎の師でもあったのだ。


剣崎主殿頭の御前を下がり、武芸場で布良門蔵と対面した長七郎であったが、ここでも彼は終始言葉少なであった。

「殿様は何か仰せられたか?」

門蔵が問うた。

「あれこれと労りのお言葉を頂戴いたしました」

長七郎は嚙みしめるように応えると、しばし沈黙の後、

「今日は、存分に稽古をしていくがよいと……」

「左様か……」

「はい。お願いできましょうか」

「無論じゃ」

「ありがたき幸せにござりまする」

「ひとつ申しておきたいことがある」

「はて……？」

「有田祐之助が、江戸に戻っていると噂に聞いた」

「左様で……」

「奴にはくれぐれも気をつけよ」

「畏まってござりまする」

長七郎は威儀を正すと、やがて防具を身につけ、竹刀の大小を手に、門蔵と立合った。

粗削りで、力まかせに二刀を振っていた小谷長七郎の二刀流は、すっかりと洗練され、動きに無駄がなくなってきた観がある。

本日この稽古をもって、小谷長七郎の二刀流はひとつの高みに達したのだろうか。

今の術をもって、松岡大八を打ち負かさんとしているのだろうか。

そして、やはり有田祐之助と長七郎の間には、何やら因縁がある。

それを案ずる門蔵であるが、長七郎はやはりここでも祐之助については何も語ることはなかったのである。

三

新宮鷹之介が、剣崎主殿頭を訪ねて牛込《うしごめ》の屋敷へ出向いたのは、その二日後のことであった。

六千石の交代寄合で、大名級の扱いを受けている剣崎家のことである。

訪ねるにあたって、鷹之介はまず支配である、若年寄《わかどしより》・京極《きょうごく》周防守《すおうのかみ》に願い出て、その口添えを得た。

周防守は鷹之介が、

「剣崎様は、武芸についての見識が広い御方と予《かね》て聞き及んでおりまする。また御屋敷内には大層立派な武芸場も備えられている由。是非御目にかかり、御高説を承りとうござりまする」

そのように言上すると、

「なるほどのう、剣崎殿の屋敷では、腕利きの剣客を集め、時に色々な仕合が行われているとか。そなたが一度会うてみたいという気持ちはわかる」

自分の方から伝えておこうと快諾したものの、

「さりながら、彼の御仁はなかなかに気難しいところがあるゆえ、気をつけてかかることじゃな。ふふふ、そなたならば大事あるまいがのう」

その折は、含み笑いをしたものだ。

物事に長じた周防守の口から〝気難しい〟などという言葉が出ると、さすがに鷹之介も一抹の不安を覚えたが、どうしても剣崎邸に出向き主殿頭に会って訊きたいことがあった。

それが小谷長七郎についてであるのは、言うまでもない。

既に水軒三右衛門が、根川六之助から長七郎が剣崎邸に出入りしているらしいと、聞きつけていた。

また、甘酒屋儀兵衛の手の者も、長七郎が牛込のとある武家屋敷に入るのを見届けていて、そこが剣崎家の屋敷であると調べをつけていた。

世間の噂にある〝闇仕合〟について上手く訊き出し、もしそこに小谷長七郎の名が刻まれているのならば、彼がいかなる二刀流を遣うのか教えてもらう――。

鷹之介はそのように目論んでいたのである。

この日は、高宮松之丞、原口鉄太郎、平助を従え、勇躍出かけたが、二千坪以上はあると思われる広大な屋敷を前にすると、さすがに緊張を禁じえなかった。

京極周防守を通しているだけあって、鷹之介は玄関から立派な書院の広間に案内された。

「初めて御意を得まする。公儀武芸帖編纂所頭取・新宮鷹之介にござりまする……」

主殿頭が現れると、鷹之介はまず畏まってみせたが、将軍の側近く仕えていたのであるから、その立居振舞は堂々たるものであった。

「ふふふ、噂に聞いておったぞ……」

主殿頭は対面するや、にこやかに鷹之介を見た。

「鏡心明智流の遣い手で、随分と暴れているそうではないか」

「暴れているなどと……。役儀を果さんとして、道理をわきまえぬ者と、いささか、その、やり合うただけのことにござりまする」

「ふふふ、それが即《すなわ》ち、暴れているということではないかな」

「なるほど、これは畏れ入りまする」

「わあッ、ははは……」

主殿頭は豪快に笑った。

武芸好きの彼は、武芸帖編纂所なる役所が新設されたと聞き及んでいて、新宮鷹之介がいかなる男か、家来に命じて調べさせたようである。

すると、役儀一筋の余り、時に騒動を引き起こし、将軍・家斉を何度も腹の底から笑わせているという。

実は主殿頭の方も、以前から鷹之介に一度会ってみたいと思っていたらしい。

「頭取が身共《みども》を訪ねて来ると聞いて、楽しみにしていたのだが、思うた通りの男であったわ」

主殿頭は、相当武芸に打ち込んできただけに、一目見ると鷹之介がどれほどまでに武芸の修練を積んできたかがわかるのだ。

体つき、身のこなし、稽古で鍛えられた声の張り、そして、いかにも剛直そうな面構えが、律々しい若武者の顔に同居している。

「うむ、気に入ったぞ」

親しげに言われると、鷹之介も嬉しくなってきた。

何よりも武芸帖編纂所を好意的に見てくれているのはありがたい。

気難しい男だとは聞いていたが、真っ直ぐに己が想いを伝えると、すぐに腹を割って接してくれる侠気を持ち合せている。

「頭取は、身共にあれこれと武芸について訊ねたいとのことらしいが、そのような堅苦しい話など退屈じゃ。面倒な挨拶ごとはよしにして、まず武芸場へ参ろう」

主殿頭に鷹之介の想いはすぐに伝わったのであろう。

大身の旗本ではなく、一人の武芸者として接しようと、鷹之介を自慢の武芸場に誘ったのである。

鷹之介にとっては願ってもないことだ。

長い廊下を主殿頭の案内で抜け、五十坪ほどもある武芸場に足を踏み入れた。

「真に結構な稽古場で……」

よく磨き込まれた床板、広い見所には御簾《みす》の小部屋も付属している。

見所の奥に神棚、床《とこ》には〝真剣〟と大書された書が飾られ、明かり取りの窓、風通しよく戸は配置されている。

庭に面した濡れ縁の下には、白洲がある。

たちまち鷹之介の表情が、遊山に連れて来てもらった子供のようなあどけないものとなった。

――おもしろい奴じゃ。

主殿頭は、ますます気に入って、

「せっかくじゃ。ここで一汗かいていかぬか」

剣術指南役の布良門蔵を呼び出した。

「願うてもないことでござりまする」

立合の相手まで用意してくれるとはありがたい――。

鷹之介はすっかり、一人の武芸好きの青年に変身していた。

「いざ！」

手早く用意してもらった稽古着、防具を身につけると、鷹之介は門蔵相手に立合を始めた。

このところは、剣の師・桃井春蔵直一《もものいしゅんぞうなおかず》の死去によって、あさり河岸の士学館《しがくかん》で稽古をする機会もめっきりと減った。

何といっても、武芸帖編纂所には、水軒三右衛門、松岡大八という恐るべき遣い手がいるので稽古相手に困りはしない。

だが、時に初めて手合せする練達の士との立合は、胸が躍るものだ。

門蔵もまた楽しそうであった。

主殿頭から評判を聞き、もしや立合が出来たらと思っていたのだが、あっさりとその願いが叶うとは意外であったのだ。

門蔵は、慎重に鷹之介の出方を探ったが、

「えいッ！　やあッ！」

この若武者は防具着用の立合はこうあるべきだと、次々に技を仕掛けてきた。

年若の者から師範に対しては、力いっぱいに技を繰り出す。

鷹之介の立合には、そういう清々しさが溢れている。

鷹之介は、さすがは剣崎家の指南役だと、布良門蔵の実力を認めた。

構えはどんな時でもぶれず、打ちは重く、なかなか自分の間合に入らせてはくれない。

しかしである。

三右衛門、大八、そして鎖鎌、薙刀などの遣い手を相手にしていると、門蔵との立合が実に楽に思われる。

それがこの一年間の自分の成長であることに、鷹之介は今気付いた。

やがて激しい打ち合いの中で、鷹之介の竹刀が、見事に門蔵の小手を捉えた。

「うむ……、お見事でござる……」

門蔵はひとつ唸ると、それをきっかけに立合を終えた。

「ははは、これは思いもかけず、よい立合を見られたわ」

主殿頭は、扇で膝をぽんと叩いて喜んだが、

「身共も頭取と立合うてみたかったが、やめておこう、とても敵わぬ」

少しばかり悔しそうな表情を浮かべたのである。

四

それから酒宴となった。

武芸場の見所の奥には、武骨な板敷の広間があり、そこに大きめの円座をどんと置き、それぞれ座って肴を突つき、盃を干すのだ。

これもまた戦国の気風が残る荒々しさと質実が交じり合い、鷹之介をわくわくとさせたのだが、

「何やら、遊びに参ったような心地がいたしまする。真に面目次第もございませぬ」

酒が入って気持ちが落ち着くと、彼は我に返って恐縮した。

そもそもここへは、武芸帖編纂所の頭取として、代々武芸者の庇護者である剣崎家の当主にあれこれと意見を聞き、うまく小谷長七郎についての事実を探れたらと思ってやって来たのではなかったか。

立派な武芸場を見てはしゃぎ、立合を楽しみ、汗をかいた後は一杯やる——。

とどのつまりはそのまま武芸談義などを楽しんで帰ってしまうような気がして、

——いかぬいかぬ。もう一度褌《ふんどし》を締めてかからねばなるまい。

と、自分を戒めたのである。

ただ〝闇仕合〟の話題をいきなり持ち出すと、主殿頭も訝しむかもしれぬ。

まず鷹之介は、武芸帖編纂所の意義であるとか、自分が目指す役所のあり方などを熱く語り、主殿頭の気持ちを和ませようとした。

それは正しく功を奏した。

主殿頭は滅びゆく武芸流派を守らんとする者達の生き様に、涙さえ浮かべて感じ入ったのである。

「武芸の流派が滅んでいくのは世の流れとはいえ、それを確と書き留め、後の世に伝えんとするのは大事じゃのう。さすが上様はおやさしい御方よ。頭取もよう務めておいでじゃのう」

「そのお言葉は、わたくしにとって何よりの励みとなりましょう」

鷹之介は謹んで主殿頭の言葉に謝し、

「武芸帖の編纂をいたしておりますると、日々の方便を立てながら武芸に励む者達に、何として手を差し伸べればよいか、つくづくと考えさせられまする」

と、思い入れをした。

「うむ、真よのう」

「剣崎様は代々、武芸者に手厚く合力《ごうりき》をなされてきたと聞き及んでおりまする」

「左様。とは申せ、昔と違うて六千石の値打ちも落ちた。その合力がままならぬ」

主殿頭は嘆息した。

宴の場には、客の鷹之介と接待役の小姓数人の他は、門蔵だけが相伴をしていた。

あれこれ主人の言動を諫めたりする老臣もおらぬ気易さからか、

「合力してやるにも工夫がいるようになったものじゃ」

そんな込み入った話に繫がる言葉まで、ふと口をついた。

鷹之介はここぞとばかり、

「御当家では、腕自慢を集め、御前仕合を行い、立合を務める者には仕度金を給するとお聞きしましたが、それで随分と暮らし向きが楽になり、武芸に打ち込めるようになった者もおりましょう。浪人達にとっては、ありがたいことでござりまする……」

思い入れを込めて言った。

主殿頭は、一瞬目に強い光を湛えたが、すぐに口許を綻ばせて、

「仕合のことは聞き及んでいたか……」

少し得意げな面持ちとなった。

鷹之介が〝闇仕合〟を〝御前仕合〟と言った上で、仕合が貧しい武芸者にとっていかにありがたいことかと評したのが嬉しかったようだ。

「いかにも仕合は、武芸者への合力のつもりで始めたものじゃ。とかく武芸を金で売ったとか、品がないとか、世間の奴らは勝手なことを吐かしよるが、武士というものはそもそも己が武をもって所領を切り取り、そこを治めて金を得る。謂わば強盗のようなものではないか……」

主殿頭は、ここで気分が昂まり持論をぶちまけた。

武芸が好きで、真剣による立合がいかなものか観たい者がいる。

仕度金が出るならば、その金で己が武芸を磨き、真剣勝負にて修練の成果を確かめたい武芸者がいる。

真剣勝負とはいえ、最低限の防具を互いに装着し、腕の確かな審判をつける。

この催事の何がいけないのかと言われると、鷹之介も頷ける。

なるほど、〝闇仕合〟とはそのような仕組であったのかと知れると、鷹之介の気持ちも軽くなってきた。

「その仕合、わたくしも観てみとうござりまする」

先ほどは見事な剣の腕を披露した鷹之介が言うのであるから、主殿頭も門蔵も納得がいく言葉であったが、

「うむ、それならば是非にと言いたいところだが、しばらくはその仕合も控えることになってのう」

主殿頭は残念そうに言った。

「左様でござりましたか。それはまた間が悪うござった……」

鷹之介は悔しさをにじませると、

「実は、小谷長七郎なる二刀流を遣う武芸者が、御当家の仕合に出ていたのではないかと伺いまして」

遂に長七郎の名を挙げた。

「小谷長七郎……とな」

主殿頭と門蔵は、はっと顔を見合わせた。

「小谷長七郎を御存知でござるか……？」

門蔵は、厳しい表情を浮かべた。

鷹之介は、ここが勝負どころだと、姿勢を正して、

「小谷長七郎は、我が編纂方・松岡大八のかつての弟子でござる」

と、告げたのである。

五

「左様でござったか。小谷長七郎は、かつて師と恃《たの》んだ武芸者と逸れてしもうたと申しておりましたが、なるほど、そのような理由があったのでござるな……」

布良門蔵は、新宮鷹之介から長七郎の昔を知らされ嘆息した。

主殿頭も腕組みをして、難しい表情を浮かべていた。

「松岡大八は、二刀流にとり憑かれたかのような小谷長七郎が、今どうしているか

が気になっているのでござりまする」

二刀流の実戦での強さを追い求めるあまり、長七郎は命を縮めるのではないか。

宮本武蔵の生き方を真似てみたとて、戦国の気風が残る慶長《けいちょう》、元和《げんな》、寛永《かんえい》と、天下泰平を貪《むさぼ》る文政の世とは時代が違うのだ。

生き急ぐことで、そもそも身についていた二刀流の才を散らしてしまっては元も子もなかろう。

松岡大八はそれを気にかけ、武芸帖編纂所としては、昨今流行らぬ二刀流を、長七郎が後世に伝えていく役割を担えるように後押しをしたいと考えている。

ところが長七郎は、かつての師に心を開かず、心の底に何か屈託を抱えているように見受けられる。

それを案じているのだと、鷹之介は熱く語ったのである。

大八、長七郎を通じての因縁に、主殿頭と門蔵はしばし言葉を失ったが、

「新宮鷹之介殿、そもそも本日のおとないは、それが知りたさゆえであったのかな」

やがて主殿頭が低い声で問うた。

「申し訳ございませぬ。いささかもったいをつけてしまいましたが、本日この場をお訪ねして、剣崎様、布良先生にお会いできたのは、皆、小谷長七郎のお蔭と、今は喜んでおりまする」

鷹之介は、いささかも悪びれずに応えた。

主殿頭は、再び満面に笑みを浮かべて、

「ならば、これを縁として、またいつでもこの武芸場に遊びに来てもらいたい。久しぶりに腹の底から剣術を語り合える男に出会うたものじゃ」

「畏れ入りまする」

「そういうそなたゆえ、小谷長七郎について、包み隠さず話そう」

主殿頭の言葉に門蔵も相槌を打った。

「実はな、身共が世間で言うところの〝闇仕合〟をしばし取り止めんと思い立ったのは、小谷長七郎の仕合で、不都合が起きたゆえであった」

「不都合が……」

主殿頭の話によると、〝闇仕合〟の戦士に、有田憲四郎《けんしろう》なる者がいた。

彼は一刀流を各派に学び、相当の遣い手となったのだが、剣風が荒々しく、どの道場でも厄介者扱いをされた。

　しかし剣には非凡なものがあるゆえ、

「このまま放っておくと、剣客崩れの破落戸《ならずもの》に陥ってしまうかもしれない。それは真に惜しい……」

　と、彼の才を見出した布良門蔵が、憲四郎を諭して剣崎邸の仕合に出るように勧めた。

　憲四郎にとっては渡りに船で、以来仕合に出ると連戦連勝を重ねた。

　そうなると、二刀流が評判を呼ぶ、小谷長七郎が気になって仕方がない。

　主殿頭は、そのうちに強い者同士の対戦が見られることを楽しみにしていたが、門蔵は二人の組合せは避けた方がよいと進言した。憲四郎は強いが、己が術を誇る癖がある。

　仕合で門蔵が負けを宣告したとて、それを認めず暴走すれば死人が出ることも考えられる。そこが門蔵の心の内に引っかかっていたのだ。

　とはいえ、憲四郎と長七郎は時に剣崎邸内で顔を合わせ、言葉を交わしたりもする。

ほとんどが、憲四郎が挑発するような言葉を投げかけ、長七郎が受け流すのだが、

「小谷、その方は宮本武蔵を神のように崇めているようだが、あれはとんだいかさま武芸者ではないか」

ある日、憲四郎がからかうように言ったのがいけなかった。

長七郎は、これは聞き捨てならぬと、

「いかさま武芸者だと……？」

「いかにも、彼《か》の先生は京で、数百人の吉岡《よしおか》道場の門人と戦い勝利したなどと吹聴していたそうな。だが、吉岡一門が遺した伝書によれば、吉岡家の者で武蔵に討たれた者は一人もおらぬ。それどころか武蔵は吉岡との仕合から逃げたとある」

「そのような伝書は、互いに都合よく記されるものだ。確かに数百人の門人と戦えるはずもなかろうが、それに似た戦いがあったと、某は心得ておる」

十人であったのが百人と誇張されたのかもしれないが、宮本武蔵は肥後《ひご》の太守《たいしゅ》・細川《ほそかわ》家に招かれ、寿命をまっとうしたのは確かである。

大勢相手に真剣勝負を挑んだこととてあったに違いない。

世渡りやはったりだけで、剣名は長く残らぬものだと長七郎は、理路整然と応え

た。

　これには憲四郎も返す言葉がなく、

「まず、おれとおぬしが立合うてみれば、それと知れるであろう」

　悔しまぎれにそんな捨て台詞を吐き出した。

　こうなると、一気に二人の対戦熱は沸き立った。

　当人同士もそれを望み、剣崎家の客も期待して、大きな賭け金が動いた。

　剣士達の仕度金は、ここから賄《まかな》われていたので、主殿頭も遂にこれを許した。

　仕合は激戦となった。

　有田憲四郎の剛剣を、ゆったりと滑らかに二刀を操る小谷長七郎が巧みに受け流し、攻めの時を待つ――。

　実戦での二刀流に懐疑的であった者達は、ただ慣れぬゆえに戦いにくいのではなく、一刀より二刀の方が、より攻め易いのだと、目の前でそれを体現する長七郎によって思い知らされた。

　どうしても己が間合に入れない憲四郎は苛々としてきた。

　怒りはあらゆる力の源にもなり、また過失を生む原因ともなる。

強い精神力で勝機を待つ。

憲四郎は、その心得を忘れてしまった。

痺れを切らして、かくなる上は力任せに相手の二刀を撥ね上げ、正面から真っ二つにしてくれんと、憲四郎は遂に勝負をかけた。

目の覚めるような連続打ちで、長七郎の二刀を制圧したつもりであったが、気がつけば彼の首筋に長七郎の大刀がぴたりと付けられていた。

互いの打ちの速さに、さすがの布良門蔵も鉄棒を差し出せなかったのだ。

「それまで……」

と、門蔵が仕合の終了を告げんとした時、

「ええいッ！」

負けを認めたくない憲四郎は、動きの止まった長七郎の大刀を打ち払い、そのまま正面から真っ向に斬ってきた。

「うッ……！」

日頃の型稽古の成果であろう。

長七郎は咄嗟に憲四郎の一刀を右へかわした。そしてその刹那に小刀を左へ薙いでいた。

それは胴に守られぬ、憲四郎の左の背中から脇腹を斬り裂いていたのである。

「そうして有田憲四郎は、命を落したのじゃ」

剣崎主殿頭は静かに言った。

何れかが落命することがあったとて、互いに恨みは遺さず、真剣勝負による栄誉ある死として扱う――。

それが仕合の約定《やくじょう》である。

どう見ても憲四郎の死は、彼の不心得によるもので、長七郎に非はない。だが長七郎は憲四郎を死なせたのは自分の術の拙さゆえと悔やんだ。

その時は既に、次の仕合の予定が決まっていた。

「まず、その仕合は務めさせていただきまするが、さらなる仕合は遠慮しとうござりまする」

当面は浪宅にて憲四郎の喪に服しつつ、己が術を見つめ直したいと長七郎は願い出た。

そして残る仕合も長七郎は勝利で終え、しばしの暇を告げに来たのが二日前のことであったという。

「だが気になることがあってな……」

「気になること……？」

「有田憲四郎には、祐之助という兄がいるのだ」

祐之助もまた荒くれの剣客で、憲四郎と同じく江戸の剣術界に馴染めずにいた。

それゆえ憲四郎が剣崎邸での仕合に誘い、一度出場して勝利をあげたものの、

「山立ちの頭目のような男でな。数々の悪行が耳に入り、その後は出入りをさせなんだ」

とはいえ、何度か剣崎邸に出入りした折に長七郎とも顔を合わせている。

その折も、憲四郎と二人で宮本武蔵と二天一流をこき下ろしていたという。

近頃は仲間と共に江戸を離れ、方々で力に物を言わせて、非道な暮らしを送っていると聞いていた。

ゆえに憲四郎の死を伝えようもなかったのだが、彼を葬った寺から、祐之助が墓前に現れたとの報せが入っていた。

さすがに剣崎家に怒鳴り込むことも出来ずに沈黙を貫いているが、

「このままですむとも思えぬ。それゆえ、しばらくの間は我が屋敷に身を寄せればどうだと申し伝えたのだが、屋敷内にじっと閉じこもっていては、臆したかと物笑いの種となりましょう、そう言って、長七郎はまるで気にも留めぬ様子であった」

と言う。

もしも、有田祐之助が果し合いを望むなら、受けて立つつもりでいるのに違いない。

何とか見守ってやりたいところだが、屋敷の外で武芸者同士が果し合いをしたとて、それは当人同士の問題である。

さらに、仕合に出た者の中で、どちらか一人に味方をするのも主催者として公正さに欠ける。

「いかがなものであろうと、ちょうど思うていたところでのう」

「左様でござりましたか……」

剣崎家としては、打ち捨てておいてもよいことである。

しかし、小谷長七郎の身が案じられるという主殿頭の想いを知ると、鷹之介は嬉しくなってきた。

剣崎主殿頭をどこか胡散臭い旗本と見ていた自分が恥ずかしくもあった。

「小谷長七郎の身を案じているのは、松岡大八も同じにござりまする。我が武芸帖編纂所といたしましても、彼の者に二刀流について、問いたき儀が数多《あまた》ござりまする。かくなる上は、この新宮鷹之介にお任せくださりませ」

鷹之介は胸を叩き、今日は、訪ねた甲斐があったものだと改めて礼を言上したのである。

六

松岡大八を打ち負かす日は、もう間近に迫っている――。

小谷長七郎は、先日大八にそのように言った。

それは、剣崎邸での〝闇仕合〟を終え、有田祐之助との来たるべき決闘を制する。

その二つを成し遂げてこそという意が、含まれていたのではあるまいか。

新宮鷹之介が剣崎邸から持ち帰った情報を基に考えると、大八は、

「ありえることだ」

と、思った。

真剣勝負を繰り返すと、敵は際限なく現れる。

それを乗り越えたところに武芸者としての悟りが開かれる。

長七郎は、宮本武蔵の生き様を自分にあてはめてみて、そのように思い決めているのであろう。

布良門蔵が、有田祐之助に気をつけろと言った時、長七郎はただ〝畏まってござりまする〟と応じたらしいが、彼は既に祐之助が江戸に入っていることを察知していたに違いない。

必ずや祐之助は、己が意地にかけて長七郎を討ち果さんとするであろう。

長七郎はそれを承知で、いつ果し状が届けられるか待っているのだ。

早速、甘酒屋の儀兵衛が動いて、有田祐之助についての情報を集めたところによると、巷では平気で人を殺すお尋ね者とされているらしい。

凄腕の者数人で行動し、一所に止まらず転々としているので、なかなか捕えられることはないという。

役人とて命あっての物種《ものだね》で、すぐにその場からいなくなれば、少々の悪事は目を瞑っておこうとなるのであろう。

祐之助がまともな果し合いを挑んでくるとは思われぬが、長七郎は、まるで動じず、宮本武蔵の境地に近付かんとして、危険極まりない決闘の場へ出向こうと腹を括っていると大八は見た。

——長七郎は、宮本武蔵の幻影に身を操られている。

そこから早く目覚めさせねばなるまいが、長七郎の様子から察すると、大八が助太刀を買って出たとて拒むに違いない。

日時、場所などは一切知らせずに死地へ出向くのであろう。

鷹之介は、武芸帖編纂所の役向きとして、役所に支給される月十両の用度をすべてこれに投入すると決めた。

儀兵衛とその手先には、心おきなく長七郎を見張らせるよう号令をかけた。

これまでと違い、有田祐之助という、凶悪な男が江戸入りしたと知れた上は、何が起こるかわからないのである。

剣崎主殿頭にも任せてもらいたいと胸を叩いた。

長七郎が武芸者の面目をかけて、祐之助と対決するのであれば、無闇にそれを止めはせぬが、もしも祐之助が卑劣な手段に出たとすれば、長七郎を守ってやらねばなるまい。

小谷長七郎の二刀流の保存は、武芸帖編纂所の務めだと鷹之介は思っている。

松岡大八は、かつての師としての想いと共に、編纂方として、長七郎に介入する義務があった。

自分の都合で目黒の道場を捨て、弟子と別れた。

桑原千蔵は、元妻・八重のために右足を不自由にした。

小谷長七郎は、幾多の苦労を乗り越え、布良門蔵に教えられて〝闇仕合〟の雄となり、命の危険にさらされている。

大八が向き合う過去は、あまりにも重苦しかった。

そして、武芸者が辿るどこまでも殺伐とした道をまのあたりにして、大八は暗澹たる想いに陥っていた。

気を奮い立たせて、大八は宮益町の浪宅に、小谷長七郎を訪ねた。

先日と同じく、長七郎は黙然と大小の真剣を手に、ゆったりと型の稽古をしていた。

まだ一月も経っていないというのに、彼の剣は切れ味を増していた。

冬の到来と相俟って、漂う剣気には薄ら寒ささえ感じられた。

長七郎は大八のおとないに気付くと刀を納め、今日は庭まで降り立って出迎え、縁に座るように勧めた。

「先だっては何のお構いもできませなんだゆえ……」

そうして彼は、大八を徳利の酒でもてなした。

「これはありがたい。今日は朝から冷えていたゆえにな」

大八は、早速酒を口に含んだが、長七郎の態度が、幾分和らんだのは、彼が死を覚悟したゆえかと、それが気になっていた。

大八の想いを知るや知らずや、長七郎は黙って自らも酒を飲んだ。

大八は沈黙に呑まれることを恐れ、

「おぬしがおれを打ち負かす日が近づいていると思うと、何やらそわそわとしてな」

と、まず口にした。

いた。


「催促に参られたのですか？」

長七郎の表情は、相変わらず能面のままであったが、先日より少し赤味がさしていた。

「まあ、そんなところだ。互いに武芸に生きる身だ。いつ約定を果せぬようになるか、知れたものではないからな」

大八は、茶碗に注がれた酒を飲み干した。

「いかにも、左様でござりまするな」

長七郎もまた酒を飲み干して、間をとると、

「目安だけでもつけておきませぬと……」

「おれもこれでなかなかに忙しい身でな。そうしてくれるとありがたい。今のおぬしと立合うとなれば、それなりに体を動かしておかねばならぬであろうしな」

大八は、〝おぬし〟と呼んで、長七郎を一人の武芸者として相対した。

「そのように想いをかけていただき、忝うござりまする」

長七郎は頭を下げると、思い入れをした。

いつと応えればよかろうかと、思案しているように見えた。

「近々、仕合でもあるのか……」

大八は、そこに水を向けてみた。

「左様なものはございませぬが、いくつか稽古が重なっておりまして」

長七郎は言葉を濁した。

「先生は、真にわたしとの立合を受けてくださるのですか……」

「断りたいところだが、おぬしの剣をまのあたりにすると、魔に魅入られたような想いになってな……」

大八は、ニヤリと笑って、

「打ち負かされたとて、かつての弟子が相手なら本望だ。そう思うと、おぬしに会わずにはいられなんだというわけだ」

「罪滅ぼしというものですかな」

「そう思うてくれてもよい。して、いつになりそうだ。きっとおれを打ち負かしてみせると言ったのはおぬしだぞ」

「それならば……」

長七郎は、やや考えてから、

「五日の後にはっきりとさせ、先生の許に伝わるようにいたしましょう」

きっぱりと言った。

「五日の後に知れるのだな。うむ、これは楽しみだ。それまでは互いに生きておらねばなるまいな」

大八は穏やかに言った。

剣術の話をすると、師弟の失われた十三年が、少しずつ戻ってくるような気がした。

長七郎も、同じ想いに違いない。

生きておらねばならぬと大八に言われた刹那、能面のような表情に哀愁が浮かんだ。

大八は長七郎の心を乱してやってもいかぬと、

「ならば待っておるぞ……」

武芸帖編纂所の処を告げて、そそくさと立ち去った。

長七郎は深々と頭を下げて見送ると、やがて懐から一通の書状を取り出した。

それはこの日の朝、日頃浪宅に出入りしている、飯炊きの百姓女房から、

「先生、お武家様がこれを先生に渡してくれと言いなすって……」

と、届けられたものである。

女房はその武士に見覚えはないと言う。

一読すると、正しく有田祐之助からの果し状であった。

儀兵衛の手先は、今も長七郎の浪宅の様子をそっと窺っている。

しかし、飯炊き女房を通じて果し状が長七郎の手に渡るとまでは気付かなかったのである。

長七郎はもう一度目を通すと、果し状を居間の丸火鉢にくべた。

庭から吹きくる一陣の風が、浮き上がる灰を粉々に散らした。

七

「五日後と言ったのだな……」

水軒三右衛門は首を捻った。

「恐らく三日後か四日後に、何かが起こるのであろうな」

「恐らくは……」

松岡大八は、重苦しい表情で頷いた。

「有田祐之助が動いたのかもしれぬ」

新宮鷹之介は、既に果し合いの約定が、二人の間にかわされているのではないかと見ていた。

「儀兵衛の手の者も、さすがにそこまでは探索できなんだのでござりましょうな」

三右衛門は相槌を打った。

「かくなる上は、その間某も長七郎の家を見張っていようかと……」

大八はそのように言ったが、

「止めておけ」

三右衛門が頭を振った。

「お前のような大男が、長閑な片田舎でうろうろすれば目立って仕方がない」

「そうかのう……」

「ここは儀兵衛に任せておくがよい。あの男は、上手に手先を使って、いち早く知らせてくれよう」

宮益町から編纂所までは、さほどの遠さではない。

ここに待機して、報せが来てから駆けたとて大事はあるまいというのだ。

「大八は、長七郎が罠と知りつつ決闘に赴くのを恐れているのであろう」

相手が何人か助太刀を伏せて長七郎を待ち構えている恐れは十分考えられる。

だが、宮本武蔵の昔に想いを馳せる長七郎にとってはそれもまた、ありがたい機会なのであろう。

憲四郎と論じた吉岡一門との決闘で、武蔵は数百人と斬り合ったわけではなけれども、何人もの敵を相手に二刀を抜き、野原を駆け回ったに違いない。

憲四郎は死んだが、その兄・祐之助には、それが不可能ではないと、自らが剣をとり知らしめてやる。

長七郎は、そうして無謀な戦いに身を置くに違いない。

「このままでは、あ奴は死ぬ……」

大八は神妙な表情を浮かべた。

生死の境を歩むという、武芸者にとってはどこか甘美ともいえる魔に、長七郎は魅入られていると大八は思っている。

彼は、何もしてやれなかった弟子を、そのような妖術から解き放ってやりたいのだ。

「だが、小谷長七郎はお前に助けられて、命長らえることなど望んではおらぬのだ。ある意味では、立派な武芸者としての心がけではないのか」

三右衛門はそう言って、大八の過度な干渉を窘めた。

「心がけは、立派だとは思う」

大八は、大きく頷いたが、心は千々に乱れていた。

「お前とて今はこの役所において編纂方を務める身となったのだ。己が意思をもって決闘の場に向かう者を、張り番までして助けに行くようなみっともない真似はやめるべきだ。武士が生きていく上で、死んだとて本望だと思える時が一度や二度はあるはずだ」

三右衛門は続けた。

これには大八も返す言葉がなく、低く唸るばかりであった。

鷹之介の胸にも、三右衛門の戒めが響いていた。

もしかすると、たとえ長七郎が果し合いに臨んだとしても、余計な世話を焼くべきではないのかもしれない。

長七郎が討たれたとしても、黙って見届けるべきなのかもしれない。

それでも、有田祐之助が長七郎の信条を逆手にとって、多勢にて卑怯な手を駆使して彼を討ち果そうとしているなら、長七郎はそれに付合う必要は断じてないと鷹之介は思うのであった。

そうして彼は、

「わたしの存念を言うと、親分（儀兵衛）からの報せを待って、もしも決闘があるならばそれへ駆け付け、尋常なる立合ではないと見れば、小谷長七郎が何と思おうと、構わず決闘に割って入り、命を救うのみ」

力強く言った。

となれば三右衛門にも大八にも異存はない。

二人はただ編纂方として、頭取に付き従うばかりであった。

儀兵衛は、長七郎の動向を探る一方で、有田祐之助一党がどこに潜んでいるのかを調べていたが、こちらの方は埒が明かなかった。

方々で悪事を続ける祐之助一党は、居所を転々として、なかなか的を絞らせない。

それから考えると、ただ粗暴な一団というだけではなく、悪巧みには勝れていると見るべきである。

鷹之介達三人は、編纂所の書院に籠って、あれこれと、長七郎の身にこの先起こりうる変事を予想した。

書庫で武芸帖の整理をする、中田郡兵衛、お光、そして桑原千蔵は、三人が何について話しているのかが大よそわかるだけに、気になって仕方がなかった。

お光などは、この世に小谷長七郎のような、己の武芸の達成のためならば、死地にでも喜んで出かけるという類いの人間がいるなどとは、まったく信じられない。

「もっと楽しく生きれば好いのにねえ……」

編纂所の中で、何よりも真実を語っているのは、お光かもしれなかった。

八

動きは三日後か四日後――。
新宮鷹之介はそのように見ていた。

水軒三右衛門と松岡大八も、その予想に異議はなかった。

しかし、甘酒屋儀兵衛が、小谷長七郎の新たな動きに触れたのは、二日後の昼下がりであった。

儀兵衛は、武芸帖編纂所からこの四日が正念場だと告げられ、宮益町の浪宅の張り込みを強化した。

手先三人を動かし、自分と合わせて四人が、二つに分かれ、十手にものを言わせて浪宅の近くの百姓家に張り込んだ。

表向きは、この周辺に盗賊が紛れ込んでいる疑いがあり、密かに探索をしたいので、宿りを供してくれないかと頼み込んだのであった。

儀兵衛以下四人は、百姓姿に身を変えて、見事な連係をみせつつ、長七郎の動きを見張った。

三人の手先は特に厳選していた。

日頃、乾分としている伝吉《でんきち》以外は、他所から臨時に呼んだのだが、いずれも足の速さを身上とする者であった。

この度の探索は、長七郎の動きをいかに早く武芸帖編纂所に報せるかにかかっていると、儀兵衛は心得ていたのである。

長七郎が浪宅を出るのを見たのは、東側の百姓家に身を潜めていた伝吉であった。

伝吉は落ち着いて、まず西側の百姓家に潜んでいた儀兵衛に報せた。

儀兵衛は、三人をばらばらに散らしつつ長七郎のあとをそっとつけた。

長七郎は、手甲、脚絆を身につけ、手には深編笠を持っている。

旅に出るわけでもあるまいに、そんな出立《いでたち》をしているのは、彼の行手に何かが待ち受けている証であった。

長七郎は、川沿いの道を南へ向かう。

儀兵衛はそれと見るや、一人を赤坂へ走らせた。

そして三人で長七郎のあとをつける。

やがて広尾町《ひろおちょう》に出たところで、もう一人を走らせた。

この若い衆も韋駄天《いだてん》のごとく足が速い。彼は抜け道を通って、初めの一人が新宮鷹之介達と共に通るであろう百人町の通りへ出て、一行を待ち受ける。

ここで合流すると、彼が広尾町まで案内する。

その時、儀兵衛はさらなる先のよきところに到達するや、最後の伝吉を広尾町まで走らせ、また鷹之介達と落ち合い、次の地点まで進む。

一人となった儀兵衛は、そこから終着の地まで長七郎のあとをつけ、見届けた後に伝吉が連れて来る地点まで駆け戻るのだ。

こうすれば、長七郎がどこに行ったかを見届けてから赤坂へ手先を走らせるより、少しでも早く案内が出来る。

だが問題は、その終着の地がどこになるかである。

長七郎が果し合いに向かっているならば、大よそこの辺りになるのではないかと、目星をつけながら手先を放つ——。

この間合を計るのがなかなかに難しい。

そこが、火付盗賊改方で重用されている儀兵衛の身上《しんじょう》である。

武芸と同じく、長い間の試行錯誤が、差口奉公の勘を鍛えていくのだ。

儀兵衛は、元富士《もとふじ》辺りではないかと、あとをつけつつ見当をつけていた。

元富士というのは目黒の西方にある高さ四丈ばかりの富士塚があるところである。

富士山に登りたくても登れない老人や女、足の不自由な者のために、このような富士塚は方々で築かれているのだが、今年になってから、さらに南東に〝新《しん》富士〟

が築かれた。

それゆえ、そこは元富士と呼ばれるようになったのだ。

この辺りは、見渡す限り田畑が続く、風光明媚《めいび》な遊楽の地であるが、冬の夕方ともなれば、たちまち人気の無い寂しいところと化す。

小山の麓には大きな松が一本立っている。

「目黒元富士一本松だな……」

百姓姿の儀兵衛は、巧みに木立に姿を隠しながら長七郎をそっと窺っていたが、彼の歩速が緩くなったのを認めて、そのように確信した。

幸いにもこの時点で、伝吉が温存出来ていた。

「伝吉……」

一本松が見える草むらに身を隠しつつ、儀兵衛は目で合図をした。

伝吉はひとつ頷くと脱兎のごとく駆け出した。みるみるうちに黒い点となり消えてゆく乾分の姿を満足そうに見送ると、松の下に佇む長七郎の姿が認められた。

辺りには行楽に訪れる人の影はなかったが、山の陰からぞろぞろと武士の一群が現れた。

その数は五人。

――やはり来なすったぜ。

儀兵衛は身震いをした。

「何があっても動くではないぞ」

水軒三右衛門からはそのように言い聞かされていたが、小谷長七郎がこれから五人を相手に斬り合うのかと思うと、見ているだけでも恐ろしかった。

「よくぞ参ったな……」

有田祐之助が声をかけた。

「そのまま逃げるとでも思うたか」

長七郎は臆せず応えると、袴の股立をとり、襷を十字に綾なした。

「ほう、さすがは昔《いにしえ》の武芸者だな。五人を前にして恐れぬとは大したものよ」

祐之助はからかうように言った。

「助太刀を連れて来るならそれもよいと、果し状には認めたつもりだが、一人で来るとはのう。おぬしはちと狂うておるな」

「ここへは話をしに来たのではない」

長七郎は泰然自若としている。

確かに果し状にはそのように認められていた。だが祐之助は、長七郎が一人で来ることを確信していた。

かつて弟・憲四郎に、宮本武蔵は大勢を相手に戦ったと言い切った長七郎である。

それが助太刀を連れて来たのでは恰好がつかないからだ。

長七郎がおかしいほどひたすら真っ直ぐに剣客、武芸者としての道を突き進んでいることを、逆手にとっての果し合いであった。

祐之助も、ここまでの馬鹿がいるとは思いもかけず、呆れる想いであった。

「ひとつだけ言っておく。おれは、おぬしの弟とは正々堂々と立合うた。故意に斬ったわけではない」

長七郎は淡々と語った。

「ふん、故意であろうがなかろうが、おぬしはおれの弟を殺したのだ。二刀流に後れをとったとは真に情けない奴だが、おれもこのまま黙っていては、有田祐之助の名がすたる。力で生きる者は、他人から侮られては死んだも同じだ……」

祐之助が語る間に、他の四人はじりじりと動き、長七郎を取り囲んだ。

草むらの儀兵衛は焦り始めた。

――頭取はまだお着きにならねえか。

儀兵衛の目から見ても、長七郎に勝ち目はなかった。

助太刀を連れて来るならそれもよし。

挑発ともいえる果し状に、長七郎はすっかりと乗せられてしまった。

果し状には助太刀を認めているのだ。祐之助が連れて来たとて文句は言えまい。

――ほんに馬鹿な奴よ。ここで斬り刻んでくれる。

祐之助が残忍な顔を見せた時。

「もうひとつ言うことがあった。宮本武蔵先生は、己が兵法を用いられたゆえ、勝ち続けることができたのだ。その兵法とはこれよ！」

長七郎は言うや否や素早く二刀を抜いて、背後に回った敵に襲いかかった。

虚を衝かれた背後の敵は思わずとび下がってかわしたが、長七郎は迷わず前に出て、大刀を振り下ろした。

その一刀は見事に敵を袈裟に斬った。

長七郎はさらに前へと駆ける。斬った相手には目もくれず、左右から攻めてくる敵を、脚力によってかわさんとした。

「おのれ！」

祐之助達は四人で追いかけたが、長七郎の足の速さにはついていけない。

「えいッ！」

長七郎は、ふっと速度を緩め小刀で頭を防御して、振り返り様に体を屈め大刀を横に薙いだ。

走ったことで体勢が定まらぬそ奴の胴から血が噴き出した。

そして長七郎は二刀で身を守りつつ、決闘場を駆け回った。

——おれはできる！

かつて宮本武蔵はこうして戦ったのだ。

野山を駆け鍛えた体力が、戦ではものを言うのである。

残る敵は三人だ。既に三人共息があがっている。自分が多勢相手の果し合いに乗ってしまったように、相手も自分の策に乗った。

勝手に走らせておけばよいものを、むきになって追い回すから疲れるのだ。

祐之助の一党は、二人斬られてすっかり逆上していて、その愚に気付かぬのだ。

草むらの儀兵衛は感じ入った。

――おれは好いものを見られたぜ。

小谷長七郎の二刀流、兵法、度胸、体力に感嘆せずにはいられなかった。

しかし、儀兵衛は向こう側の草むらの動きが気になっていた。

――まさか新手を潜ませているのでは。

動くなと言われていた儀兵衛であるが、草むら伝いに身を潜ませながら、その場へと近付いた。

すると、草むらからきらりと光るものが出ている。

――いけねえ！　ありゃあ半弓《はんきゅう》だ！

正しくそれは半弓の矢であった。

助太刀だけではなく、祐之助は副長格の兵藤滋蔵を草むらに伏せさせて、得意の半弓で狙うよう申し付けてあったのだ。

長七郎の動きの早さに狙いが定まらなかったのだが、駆け回る長七郎が己の術に酔って、隙を生む間を狙っていた滋蔵であった。

そして、長七郎が滋蔵の潜む草むらに近付いてきた。

儀兵衛は思わず危機を伝えんと叫びそうになったが、その時既に矢は放たれていた。

矢は見事に長七郎の左足を射ぬいていた。

無念にも長七郎にとって命の綱であった足が止まった——。

「覚悟しろ！」

残る祐之助の二人の手下が、足を引きずる長七郎にたちまち追い付き、斬りかかった。

何とか両刀をもってこれをしのいだ長七郎であったが、

「死ね！」

と、祐之助が放った一刀が、長七郎の右腕を深々と斬っていた。

かろうじて切断は免れたが、長七郎の手から、大刀が放れ落ちた。

「そこまでだな……」

祐之助は勝ち誇り、立っているのがやっとの長七郎に残忍な目を向けた。

「さて、ゆっくりと宮本武蔵をいたぶってやるとしようか。次は左手、それから右足を斬り落して、二刀流などいかに遣えぬものか、知らしめてやるわ」

じりじりと間を詰める祐之助に対して、

「勝負はまだ終っておらぬわ……」

血まみれの長七郎は、鬼気迫る表情となって懸命に体勢を立て直さんとした。

それを狙って、さらに兵藤滋蔵が矢をつがえる。

儀兵衛は、もう放っておけなかった。

傍らに転がる石塊《いしくれ》を滋蔵めがけて投げつけた。それは見事に滋蔵の肩に命中し、彼の手許を狂わせた。

「何奴！」

滋蔵は辺りを見回した。

儀兵衛は懐の十手に手をかけた。

「手前ら！　ここは取り囲まれているぜ！　覚悟しやがれ！」

まったくのはったりであった。

しかし、突如現れた儀兵衛を見ると、もしやとも思い、一瞬、祐之助達の動きが止まった。

「そうだ、覚悟しろ！」

その時、儀兵衛の背後から声がした。

振り向くと、息を切らしつつ、目をらんらんと輝かせた三人の武士がいた。

新宮鷹之介、水軒三右衛門、そして松岡大八の三人であった。

九

「長七郎！　助太刀いたすぞ！」

松岡大八は大音声をあげて兵藤滋蔵に詰め寄った。

「相手になってやる！」

滋蔵は半弓を捨て、太刀を抜いたがその刹那、大八の抜き打ちに血しぶきをあげて倒れていた。

既に新宮鷹之介、水軒三右衛門は長七郎の傍らへと駆け寄っていて、難なく残る手下二人を容赦なく斬り捨てていた。

「はあ……、やっと来てくれたぜ……」

儀兵衛はへなへなとその場に座り込み、鷹之介達を案内してきた伝吉に支えられた。

祐之助はその場に立ち竦んだ。

今、鷹之介と三右衛門が、それぞれ胴斬り、袈裟斬りに倒した彼の手下二人は、凄腕で恐れられた剣客浪人であった。

それがいとも容易く斬られるとは信じ難かった。

鷹之介は珍しく人を斬った。

武士の果し合いというならば、互いに斬り死にを覚悟の上だ。

だが、勝者が敗者を思いやり、その武勇を称えるのが武士の情けであろう。それをいたぶり、なぶり殺しにせんとする輩は、武士ではない鬼の一群である。

こ奴らは斬らねばならぬ。そして祐之助の助太刀として加勢した上は、この眷族《けんぞく》共も斬り死にを覚悟でここにいるはずだ。

斬ったとて恨まれる覚えはない。

長七郎は、喘《あえ》ぎつつ、

「先生……、助太刀は無用にござりまする。ここで斬り刻まれようとも、それがわたしの武運にござりまする……」

大八に言った。

「先生だと……？　お前達は何者だ。助太刀無用と申しているではないか。早々に立ち去れい」

祐之助は、やっとのことで口を開いた。

鷹之介は、長七郎と祐之助の間に入り、

「公儀武芸帖編纂所頭取・新宮鷹之介である！」

凛《りん》とした声を響かせると、

「この果し合いに異議あり！　数を恃《たの》み、弓を射かけ、あまつさえなぶり殺しにせんとするは、武士として許さぬ。我らは小谷長七郎に、役儀において訊きたきことこれあり、今自儘《じまま》に死なれては困るゆえ、助太刀をいたしたまで」

と、祐之助を睨みつけた。

「公儀武芸帖編纂所……」

祐之助はその存在を知らなかったが、新宮鷹之介なる武士が選ばれた武芸者をしっかりと支配しているのが、実力を見ればすぐにわかる。

「これは御無礼仕った。ならば、小谷長七郎を連れてゆかれよ」

己が不利を悟って言い繕ったものだが、長七郎は絞り出すように、

「御心は忝うござりまするが、まだ果し合いは終っておりませぬ。もし、生きておりますれば、何なりとお話しいたしましょう」

と、鷹之介に言った。

「なるほど、そもそもは両所《りょうしょ》の果し合いであった由。その邪魔をしてはならぬか」

命長らえたとて、それでは悔いが残ると言う長七郎の気持ちはわかる。

しかし、長七郎は気力だけで立っている。右腕も使えぬとなれば、勝敗は自ずと知れていた。

――何としたものか。長七郎を死なせてはならぬ。

鷹之介は逡巡《しゅんじゅん》したが、

「長七郎、よい心がけだ。お前が望んだ果し合いでもある。お前が決着をつけよ。円明流には右腕が使えずとも左腕がある。足が使えねば相手の力を我がものとせよ。円明流にはここぞという時の小太刀の遣い方もある。ここまでは見事であった。かかるがよい!」

その時、松岡大八が叫んだ。

長七郎は、はっとして師を見て、しっかりと頷いた。

そして祐之助に身構える長七郎を見て、鷹之介はたじろいだが、水軒三右衛門が
鷹之介を見て頭を振った。

彼の目は、

「止めてはなりませぬぞ」

と、言っていた。

「ならば新宮鷹之介、勝負を見届けん！」

鷹之介の宣言に、祐之助はいきり立った。

それならば、手負いの小谷長七郎を早々に仕留めて、この場から何としてでも抜
け出してやる——。

「望みとあれば、お相手仕らん！」

剣客らしく振舞って、左手ひとつで小太刀を構える長七郎に、勢いよく迫った。

——ここぞという時の小太刀。

長七郎は、ともすれば放心してしまいそうな心を奮い起こし、俄《にわか》に左手の小太
刀を祐之助に投げつけた。

円明流の投剣の術。まさか左手で、頼みの小太刀を投げるとは思いもよらず、祐之助はそれをよけられず、小太刀は彼の左の膝を切り裂いた。

「お、おのれ……」

祐之助はおこついたが、己が勢いを止められず、たたらを踏んで前へ出た。

――相手の力を我がものに。

長七郎は、先ほど取り落した大刀を拾い上げ、体を左に倒すようにして、恐るべき膂力で薙いだ。

一刀は見事な抜き胴となって祐之助を捉えていた。

「まさか……」

祐之助はそのまま前へ倒れ、動かなくなった。

「見事だ！」

長七郎を称え駆け寄る大八は泣いていた。

「先生……、忝うござりました……」

万感の想いを込めて、かつての師を見つめる長七郎は、その場に崩れ落ちた。

「長七郎！　しっかりせい！　まだおれとの立合が残っておろう！　死ぬなよ、死ぬでないぞ！」

長七郎の能面のごとき顔が、かすかに笑っていた。

十

「して、やはり小谷長七郎の右腕は、元のようには参らぬか……」

水軒三右衛門は、今しも剣崎主殿頭の屋敷から武芸帖編纂所に戻って来た、松岡大八に訊ねた。

「足の方は元に戻るようだが、右腕の方は、二刀を遣いこなせるまでには戻らぬようだ」

大八は溜息交じりに応えた。

「とは申せ、命が助かったのは何よりであったよ。お蔭で長七郎から、二刀流をいかに修練してきたかをじっくりと聞くことができた」

小谷長七郎は命をとりとめた。

すぐに近くの百姓家に運び込み、吉野安頓《よしのあんとん》という目黒の名医を呼び、傷口の縫合をした上で、眠らせた。

儀兵衛と伝吉が段取りを整えたのだが、公儀武芸帖編纂所なる役所からの要請であり、謝礼も支払われたので、百姓達は親身になって対処してくれたのである。

その甲斐あって、小康を得た長七郎は、やがて剣崎邸に引き取られた。

これは剣崎主殿頭が新宮鷹之介に望んだことであった。

鷹之介はこの度の仕儀を直ちに剣崎家に報せた。

すると、武芸帖編纂所頭取として、小谷長七郎から二刀流の難しさを聞き取りたいという意図はよくわかるが、そもそも有田兄弟との確執が決闘に至ったのも、剣崎邸内での仕合が発端であった。せめて小谷長七郎の面倒は、当分の間は剣崎家で見させてもらいたいと言うのである。

鷹之介は主殿頭の要望を、

「ありがたいことでござりまする」

と聞き入れ、長七郎は剣崎家からの迎えの駕籠に乗り、牛込の屋敷に入った。

主殿頭は、手厚く傷養生をさせてやるように家中に命じ、長七郎がさらに落ち着きを見せ始めたこの日、鷹之介は大八を伴い剣崎邸を訪ねたのであった。

「編纂方として、おぬしに訊こう」

大八は鷹之介から、すべての聞き取りを任されて、いかに二刀流を会得したかを問うた。

長七郎は恥ずかしそうにして、

「わたしは、二刀流を会得などしてはおりませぬ」

頭を振ってみせた。

「いや、おぬしは会得したのだ。さもなければ、あれだけの人数を相手にして、あそこまでは戦えぬ」

大八は改めて称え、腕の力をつけ、脚力をつけ、二刀での型を身につけ、時に立合の相手を見つけて稽古をする他に、どのような心得が要るのかさらに訊ねた。

宮本武蔵を心の師と仰いだのは大八とて同じであった。

しかし、大八は二刀流については、遂に身につけることは出来なかった。

二刀で戦うより一刀で戦う方が強いのは、いつまでたっても変わらなかったのだ。

その意味では、かつての弟子に追い越されたといえよう。

そしてそれは栄誉でもあった。

「心得などありませぬ。わたしは一刀での剣術が、先生の足許に及ばぬほどに拙うございましたゆえに、二刀に頼っただけでござりまする」

長七郎は、これまでと違って、実に穏やかに語った。

「いつか先生に二刀でもって立合に勝利いたせば、その時わたしの二刀流は極まる。そう思うておりましたが、やはり先生の一刀に敵わなんだはず……」

「いや、それはわからぬ」

「左様でございましょうか」

「この後おぬしは満足に右腕が使えぬそうな。それでは確かめようがないではないか。小谷長七郎はあの果し合いで二刀流を極めた。そういうことだ」

「先生を打ち負かしとうござりました」

「ははは、おれも立合うてみたかった」

「それは申し訳ないことをいたしました」

長七郎はふっと笑った。

二刀流を遣えなくなり、かえって肩の荷が下りたのか、長七郎の表情に、もう能面は浮かばなかった。

「いや、申し訳なかったのはおれの方だ。おぬしには何もしてやれなかった」

「恨んだこともございました。さりながら、この前の果し合いの折は、先生からいただいた、いくつかのお言葉がなければ、わたしは有田祐之助に勝てませなんだ。十数年分のお教えを一度にいただいたと今は思うておりまする」

「何の、おれは言わずもがなのことを言っただけさ。それよりこれからどうする？」

「体が動き出せば、左手ひとつで立合える、新たな道を辿りとうござりまする」

「左様か、片手技の奥義を得んと、この先も修練を続けるか」

「はい」

大八は思い入れをして、

「おぬしのことだ、また旅に出ようなどと思うているのかもしれぬが、その前に必ず赤坂の武芸帖編纂所を訪ねてくれ。それと、桑原千蔵を訪ねてやってくれ」

桑原千蔵は、儀兵衛の肝煎りで先だって、四谷で書店を開いてたちまち店を賑やかにさせていた。

「畏まりました。奴は片足を、わたしは片腕を不自由にするとは、これも何かの因縁でござりまするな」

長七郎はそう言うと、

「先生、わたしはこの世に生を享《う》けて、真によい師と巡り合えたと、天に礼を言いたき心地でおりまする」

深々と頭を下げたのであった。

鷹之介はその様子を満足そうに眺めながら、

〝文政二年において、二天一流に大いなる立合での妙を極めた、小谷長七郎なる兵法者これあり。されど二刀の道、甚だ修め難し〟

と、武芸帖に記した。

そうして、剣崎邸での首尾を、大八は心地よく三右衛門達に報せたのであるが――。

「大殿、これで昔としっかり向き合うことができたようで何よりでござった。この鷹之介も満足だが、ひとつすませておきたきことが……」

いよいよその年も押し詰った師走のある日。

鷹之介は大八と三右衛門の三人で、芝天徳寺《しばてんとくじ》裏にある墓地へと出かけた。

そこに、大八の娘・千代が眠っているのだ。

忘れようとして、墓参りすらしてこなかったのだが、お光に詰《なじ》られて、

「この先は、月に一度は参るとしよう」

そのように誓った大八に、

「わたしも参っておかねばならぬ……」

鷹之介はそう言って、足を運んだのだ。

大八が感涙したのは言うまでもないが、ここでも鷹之介のお節介は、大八を戸惑わせた。

回向《えこう》の後、墓所を立ち去らんとする三人の前に、八重が現れたのである。

一別以来、そっと彼女が住む医院を訪ねた鷹之介は、八重から大八にもう一度会って伝えておきたいことがあると、聞き出すことを得た。

「先だっては、話の邪魔をいたしたゆえ、ちと気になっておりましてな」

鷹之介に、それゆえ立ち寄ったのだと言われると、八重も本心をさらけ出さずにはいられなかったのだ。

「頭取……」

思わぬ八重の出現に大八は慌てた。

これは鷹之介だけではない。三右衛門も中田郡兵衛もお光も、編纂所の中にいる者達が、大八に隠れて企んだことに違いない。

あの時はこんな話をすればよかった――。

さぞや大八は、先日の八重との再会についてそう思っていることであろうと、気遣ってくれていたのに違いない。

ありがたいが、堪《たま》らなく照れくさい。しかし、どうやら八重も自分に対して話し足らなかったと思っているらしい。

大八の頭の中に色んな想いが駆け巡るが、それを何と言って鷹之介に伝えればよいかわからぬうちに、

「大殿、先に戻っているゆえ、ゆるりとなされよ」

鷹之介は三右衛門と共に、大八と八重を置いてその場を離れてしまった。

大八は腹を括った。

先日、言いたかったことはいっぱいあったはずなのに、今はすべてがどこかへとんでしまった。

八重は、言い足りぬ恨みごとがあるのに違いない。千代の墓前でそれを受け止めるのもよかろう。

「八重、何でも言ってくれ。それでお前の気がすむなら、これほどのことはない……」

笑っているような、泣いているような、いかにも松岡大八らしい顔を向けた。

八重は、やや沈黙した後、

「ずっと気にかかっておりました……」

押し殺したような声で言った。

「うむ、さもあろうな……」

神妙に頷く大八であったが、

「わたくしは、あなたに酷いことを言ってしまいました」

「酷いこと?」

「千代はあなたに殺されたようなものです……、などと」

「ははは、真のことゆえ仕方がなかろう」

「いえ、あなたの辛いお気持ちを汲みもせず、何と酷いことを言ってしまったのか……。わたくしはそれをずっと悔いておりました。先だってお会いした時、それを謝らねばならない、お詫びいたさねばならない……、頭ではそう思いながら、あの日千代を失った無念ばかりが頭に浮かんで……」

八重は込み上げる激情を一気に吐き出すと、涙にくれた。

彼女の嗚咽《おえつ》は、ゆったりと墓所から立ち去る、鷹之介と三右衛門に届いた。

「落花枝に上り難しというが、新たな花が咲くかもしれぬな」

鷹之介は、にっこりとして三右衛門を見た。

「さて、どうですかな。花を咲かせるには、あの男は余りにも唐変木でござりますゆえ……」

三右衛門はニヤリと笑って、

「いや、真に聞いてはおられませぬな」

八重の嗚咽に続いて、しどろもどろになって、かつての妻を労る大八の、どうにも間の抜けた声が墓所から聞こえてきたのである。

光文社文庫

文庫書下ろし／長編時代小説
二《に》刀《とう》を継《つ》ぐ者《もの》　若《わか》鷹《たか》武《ぶ》芸《げい》帖《ちょう》
著　者　岡《おか》本《もと》さとる

2019年10月20日　初版１刷発行

発行者　鈴　木　広　和
印　刷　萩　原　印　刷
製　本　ナショナル製本

発行所　株式会社　光　文　社
〒112-8011　東京都文京区音羽1-16-6
電話　(03)5395-8149　編　集　部
8116　書籍販売部
8125　業　務　部

落丁本・乱丁本は業務部にご連絡くだされば、お取替えいたします。
ISBN978-4-334-77928-3　Printed in Japan

組版　萩原印刷

光文社時代小説文庫　好評既刊

無宿　佐伯泰英
未決　佐伯泰英
髪結　佐伯泰英
遺文　佐伯泰英
夢幻　佐伯泰英
狐舞　佐伯泰英
始末　佐伯泰英
流鶯　佐伯泰英
旅立ちぬ　佐伯泰英
浅き夢みし　佐伯泰英
秋霖やまず　佐伯泰英
木枯らしの　佐伯泰英
夢を釣る　佐伯泰英
春淡し　佐伯泰英
佐伯泰英「吉原裏同心」読本　光文社文庫編集部編
八州狩り　決定版　佐伯泰英
代官狩り　決定版　佐伯泰英

破牢狩り　決定版　佐伯泰英
妖怪狩り　決定版　佐伯泰英
百鬼狩り　決定版　佐伯泰英
下忍狩り　決定版　佐伯泰英
五家狩り　決定版　佐伯泰英
鉄砲狩り　決定版　佐伯泰英
奸臣狩り　決定版　佐伯泰英
役者狩り　決定版　佐伯泰英
秋帆狩り　決定版　佐伯泰英
鵺女狩り　決定版　佐伯泰英
奨金狩り　決定版　佐伯泰英
忠治狩り　決定版　佐伯泰英
神君狩り　佐伯泰英
夏目影二郎「狩り」読本　佐伯泰英
縄手高輪　瞬殺剣岩斬り　坂岡真
無声剣　どくだみ孫兵衛　坂岡真
鬼役　坂岡真